KB078407

배우,
미친 흡입력

배우, 미친 흡입력 3

이산책 장편소설

초판 1쇄 찍은 날 § 2018년 3월 12일
초판 1쇄 펴낸 날 § 2018년 3월 19일

지은이 § 이산책
펴낸이 § 서경석

총괄팀장 § 최하나
편집책임 § 이종식
편집 § 김경민

펴낸곳 § 도서출판 청어람
등록번호 § 제387-1999-000006호
등록일자 § 1999. 5. 31
어람번호 § 제1-2863호

주소 § 경기도 부천시 부일로 483번길 40 서경B/D 3F (우) 14640
전화 § 032-656-4452 팩스 § 032-656-4453
http://www.chungeoram.com
E-mail § chungeorambook@daum.net

ⓒ 이산책, 2018

ISBN 979-11-04-91675-5 04810
ISBN 979-11-04-91645-8 (세트)

3

이산책 장편소설

배우,
미친 흡입력

FUSION FANTASTIC STORY

청어람

Contents

S# 1 미남 배우의 자존심을 건드리다 _007

S# 2 케이블 방송 대상 시상식 _033

S# 3 클라이맥스 촬영에 돌입하다 _061

S# 4 이런 먼치킨이 매니저를 할 리가 없어 _101

S# 5 드림팀이 간다 _145

S# 6 두 영화를 동시에 _185

S# 7 결심, 하다 제작 발표회 _249

S# 1
미남 배우의 자존심을 건드리다

불꽃 튀는 배우들 간의 신경전!

한 치의 양보 없는 연기력 진검 승부!

사실 이런 말대로 촬영이 이루어진다면 작품은 망한다고 봐야 한다.

연기라는 것도 어디까지나 합이다.

혼자 하는 모노드라마가 아닌 이상, 주고받는 과정이 제대로 이루어져야 한다.

건달들과 로비스트의 세계를 다룬 명작 영화 '범죄와의 싸움' 촬영 중 배우 최만식이 대본에도 없는 애드리브를 조전웅에게 친 것은 유명한 일화다.

손을 잡았던 깡패 두목에게 배신을 당한 후 룸살롱에서 술을 마시다 상대파 두목인 조전웅이 그를 만나러 들어오자, 즉흥적으로 울음을 터뜨리며 안기는 연기를 한다.

상대 배우인 조전웅은 당황한 티도 내지 않고 '술 많이 자셨네……'라는 대사까지 치면서 최만식을 안아준다.

이런 것이 바로 합이다.

그러한 합의 연쇄 속에서 좋은 영화, 재밌는 영화가 탄생하는 것이다.

"그러니까 혼자 튀겠다는 네가 멍청한 거야, 인마. 알겠냐?"

촬영을 마치고 나서 주연배우들끼리 가진 조촐한 술자리.

술이 꽤 오른 오영홍이 대놓고 강규환에게 면박을 주었다.

평소에는 사람 좋게 웃으면서도 예의를 깍듯하게 차릴 줄 아는 배우지만, 술이 취했을 때는 욕도 걸게 할 줄 안다.

오늘 하루 촬영 역시 강규환의 부담 가득한 연기로 인해 연달아 재촬영을 하면서 시간이 많이 지체됐다.

보다 못한 고화영 감독이 술자리를 제안했고, 이번에는 강규환도 빼지 않고 참석했다.

그도 염치가 있는지라 연달아 이 핑계 저 핑계 대면서 빠지기 그랬을 것이다.

"내가 왜 이런 말 하는지 알아? 아까워서 그래. 아까워서. 너 그 얼굴에 필모 잘 쌓고 있는데, 이번에 한 방 또 터뜨리면 그때부터 꽃길만 걷는 거야. 그런데 연기가 왜 그 모양이냐? 응?"

그동안은 나름 자존심을 살려주려 면박을 주지 않았지만 이번에는 작심한 듯했다.

듣고 있던 다른 사람들은 조마조마했다.

당장 강규환이 일어나 들이받는다고 해도 이상하지 않을 정도로 비수 같은 말이었다.

"에이… 잘하겠지. 우리 규환 씨, 이젠 어디 가서 안 빠지는 어엿한 배우잖아?"

역시나 이럴 때면 귀신같은 타이밍에 끼어들어 분위기를 부드럽게 풀어주는 강남일이다.

태웅은 다른 사람보다 그를 캐스팅한 게 고화영의 뛰어난 업적이라고 생각했다.

촬영 현장의 온갖 트러블을 해결해서 '윤활유'라는 별명까지 붙은 연예계의 마당발 강남일!

그는 중간에서 적절히 칭찬도 하고 타박도 하면서 분위기를 그나마 부드럽게 유지하는 중이었다.

하지만 오영홍은 멈출 생각이 없는 듯, 손가락으로 태웅을 가리키며 강규환의 신경을 긁었다.

"얘 보기 민망하지도 않냐? 이런 초짜보다 못해. 니가 그럼 보고 배워야지 왜 시비를 걸고 있어?"

"시비 안 걸었습니다."

"이 자식이래매? 그게 시비지 뭐야? 아니면 나한테 건 건가? 사실 이 친구가 널 거슬리게 한 건 없잖아? 다 내가 한 말이지."

"어떻게 선배님에게 그러겠습니까, 제가."

"선배님은 무슨… 선배 대접도 안 했으면서."

오영홍의 거침없는 말이 연이어 나오자 지켜보던 고화영은 한숨을 쉬곤 자리에서 일어났다.

"난 잠깐 담배나 한 대 피우고 와야겠다. 같이 갈 사람?"

그의 말에 여기저기서 우르르 손을 들었다.

다들 살얼음판인 분위기에 눈치를 보다 빠지려는 것 같았다.

"태웅 씨, 같이 안 갈래요?"

유지니가 태웅의 팔에 손을 올리며 물었다.

지금 돌아가는 꼴로 보아 둘만 남겼다가는 무슨 일이 일어날지 모르는데…….

"괜찮아요. 매니저들 있으니까 싸우면 알아서 잘 말리겠죠."

그녀가 귓가에 작게 속삭였다.

"저, 저도……."

따라 나오려는 홍구를 태웅이 눈빛으로 제지했다.

"넌 여기서 무슨 일 있으면 바로 까톡 때려."

"체엣."

툴툴거리는 그를 두고 태웅은 유지니와 밖으로 나왔다.

"그런데 지니 씨도 담배 피우시네요."

"몰랐어요? 저 완전 골초예요."

그녀는 심지어 말보로 레드를 피운다.

연기 한 모금을 길게 내뿜은 그녀가 태웅의 눈을 지그시 보며 말했다.

"그런데 태웅 씨는 어쩜 그렇게 연기를 잘해요?"

갑작스러운 타이밍의 칭찬에 그는 어떻게 대답해야 할지 몰라 당황했다.

"감사합니다. 연기는 그냥… 잘합니다. 딱히 이유는 없습니다."

"호호호호, 뭐야, 그게."

스스로 생각해도 지나친 자만의 말이었다.

하지만 정말 그런 걸 어떻게 한단 말인가?

"태웅 씨, 진짜 재밌다. 보통 이런 말하면 되게 재미없게 나오거든요. 겸손 떨거나 겉으론 아닌 척하면서 은근히 거만 떨거나."

"그렇겠죠."

"어떡하지? 나 태웅 씨 되게 마음에 들려고 하는데."

그래서 뭐, 어쩌라고?

그녀는 혼자 싱글벙글 웃으며 다시 담배 연기를 내뿜는다.

이번엔 그의 얼굴에 정통으로 와서인지 순식간에 눈앞이 뿌옇게 변했다.

묘하게도, 담배 냄새에 그녀의 루즈향 같은 것이 섞인 특이한 냄새가 난다.

"시세이도 립스틱 쓰시네요."

"어머, 어떻게 알았어요?"

명품 브랜드에 대해서는 도사에 가까운 그다.

전생에서 지겹게 보고 듣고 쓰고 입고 찍고……

온갖 립스틱을 바른 여자들과 입술을 문대봤으니 말이다.

어디 입술만 문대봤으랴, 다른 곳도…….

'가만, 그러고 보니…….'

문득 그는 우상의 대본 한 대목을 떠올렸다.

"왜 그렇게 내 입술을 빤히 봐요? 섹시해요?"

그녀가 짓궂게 미소 지으며 물었다.

"우리 키스신 있으니까 좀만 참아요. 하핫."

하핫이라니.

남자 같은 웃음을 시원하게 터뜨리는 그녀를 보며 괜히 걸크러시 이미지로 잘나가는 게 아니란 생각이 들었다.

그녀는 과거에 예능 프로그램에서의 몇몇 발언 때문에 분노한 남자들에게 마녀사냥을 당한 전적이 있다.

하지만 시간이 지나고 나서 그러한 발언들이 솔직함으로 인정받아 이미지 회복이 된 케이스다.

그래서 남자 팬보다 여자 팬들이 많은 편이기도 하다.

"열심히 준비하겠습니다."

"나도요. 후훗."

그녀는 자기 입술을 매만지며 씨익 웃었다.

어쩐지 사냥감을 노리는 매의 눈빛 같은 느낌이다.

태웅뿐만 아니라 오영홍과 강규환 모두 그녀와 진한 키스신이 예정되어 있었다.

주연 남자 배우 셋과 모두 애정 신이 존재하는, 영화의 진정한 히로인이라고 할 수 있다.

"그런데 분위기 너무 이상하지 않아요? 나 술자리에서 저렇게 싸우는 거 이해를 못하겠어."

"아직 싸우진 않은 것 같은데요."

"시간문제죠. 내 생각에는 앞으로 5분 있다가 저 둘 주먹다짐할걸요? 내기해도 좋아요."

5분까지 갈 것도 없었다.

안에서 와장창! 하는 소리와 함께 웅성거리는 소리와 고함 소리가 들려왔다.

밖에서 담배를 피우며 잡담을 나누고 있던 감독과 스태프, 배우들이 황급히 술집 안으로 들어갔다.

"거봐요. 내 말이 맞죠?"

유지니와 시선을 교환한 태웅이 엄지손가락을 척 들어 보이곤 안으로 달려갔다.

술집 안의 광경은 그야말로 난장판.

오영홍과 강규환이 바닥에서 뒹굴며 레슬링을 하고 있었고, 그 위로 매니저들이 힘겹게 둘을 떼어놓으려는 듯 붙어 있었다.

그 와중에 홍구가 태연히 맥주를 홀짝거리며 지켜보고만 있는 것을 본 태웅은 황당하기 짝이 없었다.

"야! 너 뭐 해?"

"왜? 원래 싸움 구경이 불구경과 다이다이 뜰 정도로 재밌는 건데."

술병으로 뒤통수를 내리칠 듯한 표정을 짓고 나서야 홍구가 흠칫하며 일어섰다.

"이런, 스타들이 이러면 동네 망신이에요. 이제 그만 진정들 하시고……."

퍼억!

난리통에 누군가의 손에 잡힌 쭈꾸미 볶음의 재료가 허공을 날았고, 그것이 홍구의 상판에 정확히 적중했다.

"으아악!"

매운 양념이 눈에 들어갔는지 고통스러워하는 홍구를 보며 태웅은 혀를 찼다.

옆 테이블에 놓여 있던 물을 그의 얼굴에 들이붓자, 어푸푸 하는 소리와 함께 울상이 된 홍구가 눈을 떴다.

"제길… 저 자식들 확… 배우고 뭐고 다 아작을 내버려?"

"참아라, 일단 내가 수습할 테니."

둘 다 워낙 힘이 좋아서인지 오영홍과 강규환은 매니저와 스태프들의 만류에도 불구하고 떨어질 줄을 몰랐다.

"니가… 그렇게 잘났냐? 어디서 훈장질이야?"

"이 어린놈이 어디 형님의 멱살을 잡아? 연기도 드럽게 못 하는 게."

서로 으르렁거리는 폼이, 예상대로 한 소리 듣던 강규환이 폭발한 것이리라.

'잘들 논다. 갈등을 풀어야 하는데 더 커지고 있구나. 이를 어쩌지?'

번개같이 달려간 태웅이 두 사람 사이에 끼어들었다.

멱살 잡은 손 사이로 들어가 능숙한 손놀림으로 그것들을 떼어낸 후, 두 남자의 가슴팍을 있는 힘껏 밀어냈다.

'뭐야? 어떻게 한 거야?'

그 모습을 지켜보고 있던 고화영이 어리둥절해졌다.

분명 손을 몇 번 움직인 것 같지도 않은데 어느새 상황은 정리되어 있었다.

연예계 장사로 알려진 두 건장한 성인 남자들이 눈 깜짝할 새에 태웅에게 밀려난 것이다.

오영홍과 강규환은 서로 몇 대 치고받은 듯 얼굴에 약간의 상처가 있긴 했지만 눈에 띌 정도는 아니었다.

"싸우지들 마세요. 이게 무슨 꼴입니까?"

그의 말에 오영홍과 강규환은 정신이 돌아왔는지 이내 얼굴이 붉어졌다.

강규환이야 그렇다고 치고, 오영홍마저도 흥분해서 참지 못하고 후배와 치고받았으니 영 민망하기 짝이 없는 일일 것이다.

다행히 술집을 거의 빌리다시피 하여 마신 것이라 현장의 스태프와 배우들이 입단속만 잘한다면 밖으로 새어 나갈 일은 없을 것이다.

"자자, 두 사람. 진정하고 이리 앉아 봐."

고화영의 말에도 둘은 아직 화가 덜 풀린 듯 서로를 노려보고 있었다.

"정말 이럴 거야? 대한민국에서 가장 잘나가는 배우들끼리 왜 이래?"

그마저도 언성을 높이는 것이, 분위기가 심상치 않았다.

이러다가 누구 하나의 입에서 못해먹겠다 또는 때려치우겠
다는 소리가 나온다면…….

"제가 때려치우죠. 어차피 연기도 못하고 민폐만 끼치는 것
같으니까 말이에요. 그동안 미안했습니다."

나와 버렸다!

강규환의 입에서 흘러나온 말에 태웅은 미간을 좁혔다.

이 갈등을 봉합하지 않는다면 우상은 시작부터 삐걱대다가
넘어지고 말 것이다.

"정말 그게 최선입니까? 강규환 씨."

태웅이 앞으로 나서며 한 말에 강규환의 눈썹이 꿈틀거렸
다.

'이 핏덩어리가 뭐가 어째? 강규환 씨?'

지금 같은 상황에서는 불붙은 장작에 기름을 붓는 행위였
지만, 태웅에게는 나름의 복안이 있었다.

"지금 뭐라고 했냐?"

"그게 최선이냐고 물었습니다. 그만두겠다는 거, 그거 도망
치겠다는 거 아닙니까?"

"도망을 치든 말든 내 맘이야."

"당신은 계약을 했고 이미 촬영도 했잖아요? 프로답지 않은
말은 집어치워요. 그리고 관두겠다는 시점도 웃기네요."

"무슨 시점?"

"개봉 시기에 우리 우상과 붙게 될 영화가 있지 않습니까? '천지를 찢다'. 제가 보기에 지금 당신이 관두겠다는 건 그 영화의 주연 고성진에게 차세대 국민 미남 배우 자리를 넘겨주겠다는 뜻으로 들립니다만?"

태웅의 입에서 흘러나온 이름을 듣는 순간, 강규환의 피가 거꾸로 솟았다.

"뭐야, 너? 대체 무슨 말을 하고 싶은 거야?"

"지금 우상을 포기하면 많이 비교가 될 것 같은데요. 어디 보자, 당장 오늘 기사만 해도… 찾았다!"

태웅은 그 자리에서 핸드폰으로 강규환과 고성진을 라이벌로 비교한 기사 내용을 읽었다.

데뷔 때부터 기대를 받으며 함께 묶였던 네 명의 '플라워 보이즈'.

차세대 남자 배우 외모 4대 천왕으로 불리던 이들 중 유독 심한 비교를 받는 것이 바로 두 사람, 강규환과 고성진이었다.

둘은 고등학교 동창이었는데 강규환은 늘 고성진에게 밀려 2인자의 삶을 살아왔다고 했다.

"어릴 때부터 한 번도 이겨본 적이 없다던데… 역시 한 번 패배자는 영원한 패배자인가요?"

같이 출연하는 배우의 인적 사항을 철두철미하게 조사해 두었던 것이 이렇게 도움이 될 줄이야!

태웅은 입술을 깨물며 자신을 노려보고 있는 강규환을 향해 씨익 웃었다.

* * *

다음 날 촬영 현장에서는 작은 변화가 있었다.

가장 먼저 촬영장에 나온 강규환은 감독과 배우, 스태프들에게 인사를 한 후 한결 차분하게 앉아서 대본에 시선을 고정했다.

다소 불안하고 부자연스러운 모습이던 어제까지와의 모습과는 달랐다.

'정신을 차린 거야, 아니면 포기한 거야?'

태웅은 그의 모습을 보며 내심 궁금해졌다.

어제 강규환의 자존심과 열등감을 자극하여 그가 원래의 연기력을 발휘할 수 있도록 유도하는 방법을 썼다.

성공 여부는 지켜봐야 알겠지만, 시작부터 태도가 변한 것은 확실했다.

"선배님, 나오셨어요?"

오영홍을 경계하며 은근히 날을 세웠던 태도도 바뀌었다.

깍듯이 예우하면서 먼저 인사하고 음료수를 건네고 있는 것이다.

'그래도 완전 바보는 아니구나.'

영화가 성공적으로 개봉하고, 천만 관객이 들어야 미션을 달성할 수 있는 태웅 입장에서는 오지랖을 펴는 것이 성격에 맞지 않았지만 피할 수 없었다.

태웅과 눈이 마주치자 강규환은 슬쩍 시선을 피했다.

아직 태웅에게까지 머리 숙일 생각은 없는 것 같았다.

소심해 보이긴 했지만 굳이 친해질 이유도 없었고, 그가 제대로 연기만 펼친다면 더 바랄 것이 없었다.

*　　　　*　　　　*

"어때, 규환이? 오늘 컨디션 괜찮아?"

"아주 좋습니다. 오늘은 시간 낭비 안 하게 잘할게요."

겸허한 말투처럼 그 후 시작된 촬영에서 그는 한결 힘을 뺀 연기를 펼쳤다.

구상과 넘버2로서의 냉혹하고 냉철한 연기를 깔끔하고 담백하게 소화해 냈다.

"컷! 좋은데? 이건 바로 가도 되겠어."

"감사합니다."

고개만 까딱이던 이전과는 달리, 함께 연기한 배우들에게도 수고했다는 말을 건네는 등 많이 달라진 모습이었다.

"저 자식, 어제 한바탕 하고 나서 정신 차린 건가?"

오영홍이 피식 웃으며 태웅에게 다가와 말을 걸었다.

"원래 잘하는 배우잖아요? 더 큰 목적을 위해 심기일전하는 거죠."

지금까지 강규환의 초점은 영화 내에서 가장 돋보이겠다는 생각에 머물러 있었다.

태웅은 그런 그를 진정한 라이벌인 고성진을 꺾는 데 집중하도록 주변을 환기시켜 줬을 뿐이다.

영화를 찍는 배우와 스태프들은 한 팀이다.

이들은 동료이지 경쟁자가 아닌 것이다.

경쟁자가 있다면 다른 영화일 것이고, 압도해야 할 최강의 상대는 바로 관객이었다.

"그나저나 오늘은 빡센 신인데, 준비 제대로 했어?"

"그럼요. 전 언제나 준비돼 있어요."

"원래는 내가 조언이나 지도를 해줬겠지만, 액션스쿨 출신 배우에게 그러는 건 스님 앞에서 염불 외는 꼴이지. 기대할게."

오늘 태웅의 메인 촬영은 신 54.

휘빈은 첫 살인을 저지른 후, 본격적으로 주인공 수현과 손을 잡고 구상파의 내부를 파헤쳐 나간다.

어느 고위층 검사의 살인 사건에 구상파의 회장과 넘버2인 진구가 관련되어 있다는 사실을 알게 되고 이를 추격해 나간다.

자신을 단련하기 위해서, 그리고 동경하는 수현을 따라잡고 싶은 휘빈은 그를 따라 구상파가 불법 운영하고 있는 지하 격투기 시합에 참가한다.

'이게 실제로 있는 사건이란 말이지?'

만들어낸 이야기가 아닌 실제 이야기를 썼다고 밝힌 최수빈의 말에 따르면 극 중 구상파가 운영하는 불법 지하 격투기 시합과 똑같은 것을 칠상파가 운영하고 있다고 했다.

그리고 살인 사건에 대해서는 최수빈도 함구했지만, 그 역시 실제 사건일 가능성이 높았다.

'자세한 건 파고들지 말자. 괜히 골치 아픈 일에 얽히기 싫으니까.'

어디까지나 그는 배우다.

쓸데없는 문제에 휘말려 들지 말고 연기에만 집중하는 편이 좋았다.

극 중 구상파가 운영하고 있는 지하 격투기 시합은 거액의 판돈이 오가며, 범죄자와 노숙자, 조직폭력배, 현직 경찰, 공무원 등 신분을 가리지 않고 펼쳐지는 무제한급 싸움이었다.

무기를 사용하는 것 외에는 어떠한 룰도 허용되며, 한쪽이 기절하거나 패배를 인정하기 전까지는 끝나지 않고 계속되는 무지막지한 규칙이 적용되는 시합!

치열한 격투기 장면을 찍어야 하는 태웅은 상대역을 맡은 배우와 합을 맞춰보았다.

단역으로 출연하여 빡센 액션 연기를 펼쳐야 하는 그를 보며 태웅은 왠지 자신의 예전 모습이 떠올랐다.

'한때 나도 저렇게 고생했었지.'

박봉에다가 안전에 대한 제대로 된 보장도 없는 직업.

그렇다고 미래가 밝지도 않고, 사람들에게 얼굴을 알리기도 어려운 직업.

스턴트맨, 단역배우의 삶이라는 것은 정말 고되다.

상대 배우의 얼굴에도 그러한 고생의 흔적이 묻어났다.

액션 감독과 함께 그와 합을 맞추는 과정은 순식간에 끝나 버렸다.

다른 배우들과 달리 단 몇 번의 말과 눈짓으로 이미 의사소통이 완벽하게 되었기 때문이다.

"끝내준다! 역시 출신 성분이 달라. 하하하."

오영홍이 태웅의 액션 연기 합을 보고 감탄한 듯 박수를 쳤다.

"이거 나보다 잘하잖아? 곤란한데?"

"과찬이세요."

어느덧 한국식 겸손함에 적응한 듯 태웅은 겸양을 떨었다.

사실 오영홍보다 훨씬 잘하긴 했다.

"잠깐 쉬고 바로 샷 들어가자구."

감독의 말을 듣고 휴식을 취하면서 태웅은 철창으로 둘러싸인 케이지를 바라보았다.

UFC의 옥타곤과 비슷한 지하 파이터들의 싸움터.

관객들은 자극을 즐기는 사람들로, 어둠의 경로를 통해 이러한 시합의 존재를 알고 찾아와 돈을 내는 사람들이었다.

촬영 복장인 타이트한 격투기 선수용 타이츠를 착용한 태웅이 나오자, 모두의 시선이 집중되었다.

"우와……."

각이 잡힌 균형 있는 몸매와 단단한 근육이 실제 운동선수라고 해도 믿을 수 있을 정도였다.

유지니를 비롯해 웨니 역의 주인영 등 여배우들의 예사롭지 않은 시선이 그의 몸에 꽂혔다.

'김태웅이 저렇게 몸이 좋았나?'

'완전 섹시한데?'

태웅은 사람들의 시선을 느꼈지만 전혀 의식하지 않고 당당하게 케이지로 걸어 올라갔다.

'시작해 볼까?'

상대역을 맡은 배우 또한 그의 뒤를 따라 케이지로 올랐다.

어두컴컴한 조명 아래, 케이지를 둘러싼 수십 명의 관객들은 코까지 덮는 가면을 착용하고 있었다.

"다치지 않도록 조심하시고, 갑니다. 3, 2, 1… 레디, 액션!"

큐 사인과 동시에 관객들의 함성이 울려 퍼졌다.

일반적인 경기의 함성과는 다른, 마치 투견장의 사람들 같은 악에 받친 외침이었다.

"죽여!"

"눈깔을 뽑아버려!"

선혈이 낭자하고 뼈가 부러지는 불법 격투기 시합의 분위기가 생생한 현장.

태웅은 실전을 처음 겪어 당혹스러워하는 휘빈 역할을 실감나게 연기하는 중이었다.

날아드는 상대방의 펀치와 킥에 처음에는 정신을 차리지 못하고 얻어맞는 휘빈.

거친 야수처럼 달려든 상대 선수가 그에게 태클을 가하고, 이를 피하던 휘빈이 제 다리에 걸려 넘어지고 만다.

실수를 놓치지 않고 덤벼드는 상대 선수의 파운딩이 연신 날아들고, 얻어맞던 그는 마침내 각성하기 시작한다.

공포에 질려 어리바리하던 모습에서, 점점 싸움과 유혈을 즐기는 파이터로 변모하는 휘빈.

괴성을 지르며 일어나 원투 스트레이트와 양 훅을 휘두르며 상대방을 그로기로 몬다.

이를 피하며 그의 목을 옆구리에 끼우고 길로틴 초크를 시도하는 상대 선수.

휘빈은 의식이 가물가물해지지만, 필사적으로 정신을 차리고 상대 선수의 눈과 급소를 공격한다.

비명을 지르며 물러나는 상대에게 달려간 휘빈이 악에 받쳐 짐승처럼 주먹을 휘두르기 시작한다.

피가 튀고 옷이 찢어지지만 광기에 찬 눈으로 주먹질을 멈추지 않는 휘빈.

관객들은 열광하고, 승리를 거둔 그는 갈피를 잃은 눈으로 주위를 둘러보다가 관객석에서 지켜보고 있는 수현과 시선이 마주친다.

그에게 엄지손가락을 치켜세우고 자리를 뜨는 수현.

휘빈의 입가에 절로 미소가 피어오르고, 그의 눈빛은 한층 더 광기로 차오른다.

"컷! 아주 좋아! 정말 죽여줬어!"

고화영이 연신 박수를 치며 만족감을 표시했다.

배우들도 다들 한마디씩 하며 감탄했다.

"휴우… 숨도 못 쉬고 봤네.

"액션 들어가니 분위기가 확 바뀌네요. 진짜 격투기 선수인 줄 알았어요."

베테랑 배우들도 인정하지 않을 수 없는 실감 나는 연기였다.

'이 정도 가지고들 소란은…. 후후.'

액션스쿨에서 배운 것과 그동안의 경험만으로도 지금 수준의 액션 연기는 일도 아니었다.

강규환이 그와 눈이 마주치자 화들짝 놀라며 고개를 돌리는 것이 보였다.

분명 넋 나간 표정이었다.

'자식, 형님 연기에 빽 갔냐?'

오늘의 촬영에서도 가장 주목받는 배우는 넘사벽의 연기를 펼치고 있는 신인, 김태웅이었다.

*   *   *

촬영이 중반을 넘어서면서 배우들의 연기는 점점 불을 뿜었고, 몰입도는 깊어져 갔다.

일사불란하게 돌아가는 현장에서 고화영은 능숙한 지휘로

촬영을 이끌었다.

그사이 태웅의 존재감은 더욱 짙어지고 있었다.

그가 연기를 펼칠 때마다 주위의 배우들은 블랙홀처럼 빨려 들어갔다.

다소 지체됐던 촬영 스케줄은 몇 가지 잡음이 해결되고 배우들의 합이 맞아 들어가자 도리어 미친 듯이 빨라졌다.

이대로라면 예정보다 훨씬 빨리 촬영을 마칠 수 있을 것 같았다.

'운 좋으면 초여름쯤 개봉하겠군.'

후반 작업과 배급 등의 과정을 거친 우상의 개봉 일정은 여름 즈음이었다.

일찍 촬영을 끝내고 아지트 같은 실버문 사무실로 돌아온 태웅은 멍한 표정으로 전화를 받고 있는 윤철을 보고 의아해졌다.

"저, 정말이죠? 네! 알겠습니다! 꼭 참석하겠습니다!"

얼굴이 상기되어 전화를 끊은 윤철을 보고 태웅이 빙긋 웃었다.

"왜 그래? 예비군이라도 나왔냐?"

"태웅아."

평소 그답지 않게 이상하게 뜸을 들인다.

"왜?"

"지금 연락 온 데가 어딘지 아냐."

"예비군 동대 아냐?"

"에잇. 장난할 때가 아니야."

"장난이라니, 신성한 국방의 의무를 가지고 무슨 소리……."

"케이블 TV 협회에서 왔다."

자고로 협회라는 말 붙어서 그나마 멀쩡한 곳은 양궁 협회밖에 없다.

"뭐 어쩌라고."

"어쩌라고라니. 감이 안 와? 너 케이블 방송 대상 초대받았어!"

"케이블… 방송 대상?"

태웅의 눈길이 순간 윤철의 등 너머 벽에 걸려 있는 달력으로 향했다.

그러고 보니 어느덧 해가 바뀌어 정초가 되었다.

공중파 시상식과는 달리, 케이블 방송 대상은 연말이 아닌 이 시기 즈음에 열린다.

그들만의 리그라는 공중파 시상식은 폐쇄적이고 딱딱한 분위기로 알려진 행사다.

그에 비해 수많은 케이블 채널의 프로그램들을 대상으로 시상하는 케이블 방송 대상은 시상식이라기보다는 축제의 성격이 짙었다.

"나 무슨 상 받냐?"

"그야 당연하지. 후보에 오른 게 있으니 초대하지 않았겠어?"

천편일률적인 이름의 공중파 연기 대상 시상식과는 다르게 케이블 방송 대상에서 주는 상의 이름은 다양했다.

그중 태웅은 무려 네 개의 상 후보로 노미네이트되었다.

딱히 감흥은 없었지만, 고작 드라마 하나에 출연한 그가 네 개 부문의 후보에 올랐다는 사실은 놀라웠다.

"대단하지 않냐? 드디어 우리 회사 연예인이 시상식에 초대를 받는……."

"그래서, 그 상이 뭔데?"

들뜬 윤철의 기분에 초를 치며 태웅이 물었다.

S# 2
케이블 방송 대상 시상식

　윤철이 담당자에게 들은 말에 의하면, 태웅이 후보로 오른 부문은 인기배우상, 신스틸러상, 떠오르는 스타상이었다.

　"베스트연기상이나 한류스타상, 올해의 아이콘상 뭐 이런 게 아니고?"

　"응. 아니야."

　하긴 아직 그 단계까지 가기엔 경력이 함량 부족이긴 하다.

　사실 인기배우상에 오른 것도 운이 좋았다.

　'청춘은 맛있어!'가 워낙 화제성과 인기에서 압도적이었기에 망정이지, 전 케이블 채널의 드라마들이 경쟁자 아니던가?

'하긴 상이 중요한 건 아니니까.'

솔직히 전생에서 받은 수많은 상만으로도 지겨울 정도다.

그래도 처음 한국에서 초대받은 시상식이니 다른 연예인들 구경도 할 겸 가보는 것도 나쁘지 않다.

"아 참, 하나 빼먹었다."

"뭔데?"

"베스트커플상이 빠졌네."

"베스트… 커플상?"

왠지 불길한 예감이 든다.

태웅의 표정을 본 윤철이 씨익 웃으며 의혹에 종지부를 찍었다.

"축하한다. 나진영과 시상식 인증 공식 커플이 된 걸."

"뭐, 뭐라고?"

안 좋은 예감은 빗나가질 않는다더니…….

왜 자꾸 그녀와 얽히게 되는지 모르겠다.

그렇잖아도 아직 그녀에게 ROD 계약에 대한 말을 꺼내지도 못했다.

어떻게 설득할지 고민하고 있었는데, 뜻밖의 덤까지 어깨에 얹은 기분이었다.

"도대체 어떤 망할 삐리리가 그딴 짓을 한 거야? 엄연히 드라마 공식 커플은 강창구와 나진영인데……."

"마지막 회가 그 모양인데 누가 그렇게 생각하겠냐?"

닭 쫓던 개 지붕 쳐다보듯 나진영이 탄 비행기를 바라보며 멍 때리고 있던 강창구의 클로즈업은 한동안 인터넷을 떠들썩하게 했었다.

온갖 패러디짤을 양성하며 수많은 안티들을 대량생산한 어이없는 결말!

"그냥 나가지 말아야겠다."

"그게 무슨 소리야?"

"안 나간다고. 걘 분명 올 테니까 또 무슨 일이 있을지 몰라."

"태웅 님, 제발!"

바짓가랑이를 붙들고 매달릴 듯한 윤철의 기세에 태웅은 어쩔 수 없이 시상식 출연을 약속했다.

그가 그토록 원하는 예능 출연도 아직 안 해주고 있는 마당이니 어쩔 수 없었다.

　　　　*　　　　　*　　　　　*

케이블 방송 대상 시상식 당일.

깔끔한 정장을 차려입은 태웅의 외모는 한결 빛이 났다.

태웅이 시상식에 출연한다는 사실을 안 동생 태선은 깜짝 놀라며 기뻐했다.

그리곤 바로 함께 가서 맞춘 옷이 바로 지금 입고 있는 감색 정장이었다.

"멋지게 폼 잘 잡구 와! 괜히 멍 때리고 있다가 카메라에 잡혀서 바보 되지 말고."

요즘 오빠가 열심히 살고 있어서인지 공부도 열심히 하고 친구들도 만나는 등 활기차 보였다.

"이번에도 친구들에게 자랑할 거지?"

"예전엔 했는데 지금은 못하겠어. 생각보다 너무 유명해져서."

하긴 완전 무명에서 조금 빛을 봤을 때야 여기저기 알릴 수도 있다.

하지만 이제 꽤 떠서 얼굴을 알아보는 사람도 많은 지금, 슬슬 태선에게도 귀찮은 일들이 일어나고 있었다.

'어디든 유명인이 되면 다 똑같군.'

집 앞을 나오니, 어디서 많이 본 차가 대기하고 있었다.

차 문이 열리며 홍구와 윤철이 나란히 나왔다.

"왜 안 하던 짓들을 하고 있어?"

평소에나 좀 이렇게 하지…….

시큰둥한 태웅의 반응에도 아랑곳없이 두 남자는 고개까지 꾸벅 숙이며 오버했다.

"가시죠, 김태웅 배우. 영광의 시상식이 기다리고 있습니다."

"오늘 반드시 트로피 하나쯤은 받으실 겁니다."

'아주 놀고들 있다.'

시상식을 한 번도 못 가본 티들을 줄줄 내고 있으니 재밌긴 했다.

태웅이 차에 오르고, 세 사람은 시상식이 열리는 일산의 스튜디오로 출발했다.

"그런데 시상식은 그렇게 분위기가 뻣뻣하다던데, 정말이야?"

태웅의 질문에 윤철이 고개를 끄덕였다.

"장난 아니지. 특히 연기 대상 시상식이 제일 심해. 배우들이 어찌나 꼿꼿하고 품격이 있으신지 초청 가수 무대에도 자리에 앉아서 고개만 까딱거리고 있다니까."

그나마 요즘은 좀 나아지긴 했지만, 연기 대상 시상식만큼 배우들의 자존심이 엿보이는 곳이 없다고 했다.

한 번 대상을 수상한 배우는 대상 후보에 오르지 못하거나 수상이 불확실하면 아예 참석조차 하지 않는다고들 한다.

참석한 배우들 또한 어찌나 엄숙, 진지, 근엄한지 장례식장이 따로 없다는 것이다.

태웅은 예전에 한 가수가 연기 대상 시상식에 초대받아서 노래를 부르다가, 하도 반응들이 없자 배우들이 앉아 있는 의자에 올라가서까지 호응을 유도했던 장면이 떠올랐다.

"그래도 케이블은 좀 자유로우니까 다르지 않을까?"

"그래봤자 그 나물이 그 밥인데 뭐가 얼마나 다르겠냐?"

"다를 수도 있지. 여기는 방송 대상이라 배우들만 나오는 게 아니라 가수랑 개그맨도 나온다며?"

세 사람이 수다를 떠는 사이 어느새 차는 시상식이 열리는 일산 스튜디오에 도착했다.

방송 관계자들과 기자들, 그리고 연예인들과 스태프들로 인해 이미 스튜디오는 인산인해를 이루고 있었다.

'오호라, 생각보다 규모가 훨씬 크잖아?'

달라진 케이블 방송의 위상을 실감할 수 있을 정도로 수많은 사람들이 운집해 있었다.

"뭐야, 이거 장난이 아니네? 이 정도 규모였어?"

생각보다 훨씬 많은 사람들이 모여 있는 것을 보고 홍구의 얼굴이 하얗게 질렸다.

"쫄리면 차에서 한숨 자시던가."

태웅은 빙긋 웃으며 농담을 날렸다.

"야, 넌 긴장도 안 되냐? 기자들이랑 팬들이 저렇게 많이 모여 있는데? 우와. 세상에… 방송국이란 방송국에서는 다 온 것 같네."

"그냥 가서 놀다 오면 되지 긴장은 무슨."

태웅은 대충 옷매무새를 다듬곤 정차한 차 문을 열었다.

"김태웅이다!"

그가 내리자 수많은 기자들과 사람들이 소리쳤다.

주최 측에서 마련해 둔 입장로 양쪽에 늘어선 기자들이 연신 플래시를 터뜨렸다.

'오랜만이구먼. 이 정겨운 분위기. 예전처럼 한번 해볼까?'

레드 카펫을 사뿐히 지르밟으며 태웅은 숨을 한 번 크게 몰아쉰 후 달리기 시작했다.

"뭐야?"

기자들은 레드 카펫을 쏜살같이 달리는 태웅을 보고 술렁거렸다.

겪어본 적 없는 광경에 입을 쩍 벌리는 것도 잠시, 그들은 카메라를 들고 서로 뒤질세라 미친 듯이 셔터를 눌러댔다.

전생에서 그는 기자들도, 사람들에게 포즈를 취하는 것도 너무 귀찮은 나머지 시상식에서 가끔 이렇게 돌발 행동을 했다.

많은 사람들이 당황하거나 태도가 불량하다며 비난했지만, 그는 이렇게라도 하지 않으면 시상식이 따분해서 견딜 수가 없었다.

한달음에 포토존까지 도착한 그는 느긋한 태도로 기자들에게 손을 흔들며 포즈를 취했다.

"요 며칠 운동을 못해서 좀 뛰었습니다! 잘 찍어주세요!"

넉살을 떠는 그는 꽤 빠르게 달리기를 했음에도 숨 한 번 헐떡이지 않았다.

'자신감이 대단하구먼.'

그림자처럼 태웅을 따라다니는 황병준 기자 역시 그의 일 거수일투족을 지켜보고 있었다.

차에서 내리자마자 달리기로 포토존에 도착하는 파격이라 니······.

게다가 뭔가를 의도하고 한 행동도 아닌 것 같다.

그냥 즉흥적으로 그렇게 하고 싶어 했을 거란 느낌이 딱! 왔다.

'어떻게 해야 시선을 끄는지, 어떻게 해야 사람들한테 강렬한 인상을 주는지를 본능적으로 알고 행동하고 있어.'

그래서인지 모든 행동이 자연스럽게 매력적으로 비춰진다.

역시 그는 타고난 스타다.

'어디선가 본 것 같은 느낌인데··· 맞아! 몇 달 전에 요절한 라이더 베스가 저런 버릇이 있었던 것 같은데.'

엄청난 체력과 주력을 바탕으로 자신을 쫓는 파파라치나 광팬들을 따돌리기를 즐겼던 괴짜 천재 배우.

이상하게 태웅의 행동을 보면서 저절로 그가 연상되었다.

'일부러 따라 하는 건가?'

사실 따라 해봤자 별로 메리트가 없는 행동이다.

하지만 생각해 보니 두 배우 사이의 공통점이 은근히 많았다.

이 정도면 기삿거리 하나는 나온 셈이다.

그는 즉석에서 핸드폰 메모앱으로 기사 초안을 작성하기 시작했다.

〈스타의 자질 특집 ― 라이더 베스 VS 김태웅, 전격 비교!〉

엄청난 악플과 비웃음이 예상되는 기사였지만, 그럴수록 더욱 이슈가 될 것이다.

그는 비릿한 미소를 지으며 손가락을 현란하게 놀렸다.

                *   *   *

─베스트연기상, 신스틸러상, 인기배우상, 떠오르는 스타상, 베스트커플상, 한류스타상, 올해의 아이콘상, 깜짝연기상······.

나름 기발하게 구상한 듯한 상 이름을 보면서도 태웅은 연신 하품만 나왔다.

여기저기서 찍고 있는 기자들이 민망해질 정도였으니…….

하지만 곧 그의 잠을 번쩍 깨우는 일이 생겼다.

"태웅 씨! 여기서 보네요!"

자신을 부르는 애정 듬뿍 담긴 목소리!

연한 노란색 드레스를 예쁘게 차려입은 나진영이 동그란 눈을 빛내며 그를 보고 서 있었다.

"와, 왔어요?"

"그럼요. 저도 초청받았는데. 우리 베스트커플상 후보잖아요. 후훗."

'그래, 그것 때문에 아주 골치 아프게 됐다고.'

태웅은 들릴 듯 말 듯한 한숨을 쉬곤 지정석에 붙은 이름표를 살폈다.

마침 나진영과 바로 옆자리를 붙여 놨다.

이 죽일 놈의 주최 측!

베스트커플상 후보로 선정한 것부터 시작해서 자리 배치까지 어떤 놈의 머리에서 나왔는지 잡아내어 족치고 싶었다.

"에이, 니미럴……."

나직하게 들려오는 소리에 고개를 돌려보니, 강창구가 똥 씹은 표정으로 좌석을 보고 있었다.

좌진영, 우창구.

'청춘은 맛있어!'의 3인방을 나란히 앉혀 두다니, 이쯤 되면 정말 지능적 안티가 아닌가 싶다.

"창구 씨도 수상 후본가 봐요?"

"…그렇죠."

두 사람은 서먹하기 짝이 없는 인사를 나눴다.

"태웅 씨!"

강창구의 등 뒤에서 나타난 강지나가 태웅을 보고 오라고 손짓했다.

나진영의 표정이 순간 어두워지는 것이 보였다.

앙숙인 두 사람을 놔두고 강지나에게 다가가자, 그녀가 귓속말로 속삭였다.

"진영 씨 변호 맡으실 분 구해놨어요."

"벌써요? 감사합니다."

"제 도움 받았다고 안 하는 게 좋겠죠? 잘 둘러대세요."

그녀가 한쪽 눈을 찡긋한다.

정말이지 센스와 배려심이 넘치는 여자가 아닐 수 없다.

"시상식 시작합니다! 초청받으신 귀빈들께서는 자리에 착석해 주시기 바랍니다."

안내 방송이 울려 퍼지자 그녀는 자기 자리로 돌아갔다.

그녀의 자리에는 쟁쟁한 대형 기획사 대표들이 각기 한 자리를 차지하고 있었다.

태웅은 자리에 앉기 전 시상식장 안을 눈으로 빠르게 훑었다.

이름만 대면 알 만한 쟁쟁한 배우와 가수, 개그맨과 방송인들이 곳곳에 보였다.

유명 기획사, 프로덕션, 케이블 방송국 관계자들도 보였다.

방송가 MC 삼대장 중 하나로 불리는 김현석이 힘찬 외침으로 오프닝을 열면서, 케이블 방송 대상 시상식이 시작되었다.

잠시 후……

'정말 따분해 죽겠네!'

나름 무겁지 않게 유쾌하게 진행하려는 MC와 게스트들이 노력에도 불구하고 태웅은 쏟아지는 졸음을 피할 수 없었다.

가수와 예능 부분의 수상이 끝나고 배우 부문 수상이 시작되기 직전 특별 무대가 열렸다.

'설마 다들 앉아서 점잔 빼고 있진 않겠지?'

태웅은 은근 걱정이 되었다.

또다시 초청 가수들을 민망하게 만드는 상황은 정말 피하고 싶었다.

"장안의 화제인 초청 가수, 정재정과 아이들을 힘찬 박수로 맞아주세요!"

사회자의 말에도 귀를 기울이지 않고 박수를 치는 둥 마는 둥 하는 배우들을 보며 태웅은 어이가 없었다.

저렇게 성의가 없어서야 쓰나.

더군다나 지금 나오는 정재정과 아이들은 불같은 성격에, 거침없는 솔직함과 입담을 가진 뮤지션으로 유명하다.

자존심만 내세우고 있는 배우들의 얼굴을 보면 한바탕 성질을 부릴지도 모른다.

화려한 조명 및 무대 효과와 함께 정재정이 나타나자, 무대 위는 순식간에 꽉 차버렸다.

*   *   *

노래가 시작되자 엄숙한 분위기의 공중파 시상식과 다르게 뮤지션들과 예능인들은 자리에서 일어나 호응하기 시작했다.

다만 뻣뻣한 배우들은 이러한 시상식 분위기에 아직 적응이 안 되는지 쭈뼛거리고 있었다.

정재정과 아이들의 보컬 정재정이 그러한 광경을 보곤 무대에서 훌쩍 내려와 배우들이 모여 있는 좌석으로 향했다.

우—우우우~ 소문으로 들렸소. 당신에게 남친이 생겼다는 그 얘길……

자신의 히트곡을 열창하며 익살스러운 표정으로 다가갔지

만, 여전히 배우들은 자기 자리에 앉아서 어찌해야 할 바를 모르고 있었다.

'이 바보들… 답답해서 못 있겠네!'

태웅은 누가 먼저랄 것도 없이 벌떡 일어났다.

앞 좌석을 훌쩍 뛰어 넘어간 그가 음악 소리에 맞춰 리듬을 타며 몸을 흔들었다.

그 모습을 본 정재정이 유쾌하게 웃으며 태웅의 앞으로 다가가 함께 기타를 치는 액션을 하기 시작했다.

환호성이 터지며 시상식을 생중계하고 있던 카메라들이 일제히 두 사람에게 향했다.

각종 온라인 커뮤니티나 SNS의 실시간 반응은 태웅으로 인해 뜨겁게 타올랐다.

—김태웅 미쳤다ㅋㅋㅋㅋ 저기서도 똘아이짓이야.

—근데 춤 잘 춘다. 리듬 탈 줄 아는데?

—손발 오그라들어. 황갈 그러지 마. ㅋㅋㅋㅋ

—배우들 대신해서 총대 맸네. 다들 분위기 파악 못 하고 있는데 김태웅이 판 깔아준 거다.

태웅의 춤을 시작으로 번진 뜨거운 불길이 시상식을 뒤덮었다.

내심 무대를 즐기고 싶던 배우들도 일어나서 열렬하게 호응하고 따라서 춤을 추기도 했다.

가수들과 예능인들은 이에 질 수 없다는 듯 한층 더 난리를 피우며 카메라를 받기 위해 애썼다.

하지만 이미 시상식의 시선은 첫 포문을 연 태웅에게로 향해 있었다.

어느새 그는 정재정과 어깨동무까지 하며 객석 곳곳을 돌아다니며 함께 노래까지 하고 있었다.

보는 사람을 절로 빨아들이는 이상한 매력은 수많은 연예인들 사이에서도 빛을 발했다.

"정재정과 아이들, 그리고 함께 멋진 무대를 펼쳐준 배우, 김태웅이었습니다. 대단히 감사합니다!"

정재정은 노래를 마친 후 쏟아지는 박수에 마주 박수를 치며 응답했다.

그의 박수는 태웅에게로 향해 있었다.

정재정과 아이들이 퇴장하고, 태웅은 아무 일도 없었다는 듯 옷매무새를 단정히 하고 다시 자신의 좌석에 좌정했다.

그 모습을 본 시청자들 또한 실소를 터뜨렸다.

"오늘과 같은 시상식 축하 공연은 살다 살다 처음 보네요. 정말 멋졌습니다."

MC가 질렸다는 듯 너털웃음까지 지으며 태웅에게 슬쩍 시선을 던졌다.

"오늘 멋진 무대를 펼쳐준 김태웅 씨는 오늘 여러 부문 시상 후보에 올라 있는데요. 과연 수상할 수 있을지 지켜보겠습니다."

'저 자식이 스포를 하네?'

후보에 올랐다는 사실을 말하긴 했지만, 어느 부문인지는 말을 안 했기 때문에 어떻게 보면 꼭 그런 것만은 아니지만……

자신에게 쏠리는 시선에도 태웅은 태연하고 능청스럽게 다시 엄숙, 진지, 근엄한 표정을 지었다.

옆에 앉아 있던 나진영이 그를 곁눈질하며 계속 피식거리는 장면이 방송국 카메라에 계속 잡혔다.

아무래도 열애설이 더욱 증폭될 것 같은 예감을 강렬하게 느꼈지만, 태웅은 그냥 될 대로 되라는 심정이 되었다.

시상식은 쏜살같이 진행되어 마침내 그가 시상 후보에 오른 첫 번째 부문, 신스틸러상의 발표 순서가 되었다.

"신스틸러상은 탁월한 연기력과 개성을 발휘하여 주연보다 더 인상적인 활약을 펼친 조연 배우에게 수여하는 상입니다. 이번 시상을 맡아주실 분을 소개합니다!"

무대 뒤 커튼이 열리며 걸어 나오는 장년의 남자를 보고 태웅은 입이 떡 벌어졌다.

드라마와 영화를 총망라하여 넘사벽으로 불리는 감초 배우 최성운.

연기 경력 30년에 출연작이 드라마와 영화를 합쳐 130편이 넘는다는 무시무시한 경력의 보유자다.

너무 많은 작품에 나오는 바람에 인터넷상에서는 스크린쿼 터제가 아닌 '최성운쿼터제'가 있다는 우스갯소리도 있었다.

"주연보다 빛나는 조연, 시청자들의 시선을 귀신같이 훔쳐 가는 배우! 그런 배우를! 제가 시상하게 되어 무한한 영광이 아닐 수 없습니다."

다소 격앙된 듯 들리는 특유의 말투에 객석에서 웃음이 터 졌다.

하지만 그는 여전히 진지한 얼굴로 수상자의 이름이 적혀 있는 카드를 집어 들었다.

"오늘의 신스틸러상, 김태웅! 축하합니다!"

수많은 박수갈채와 카메라 세례가 터졌다.

드라마 종영 후, CF 출연 외에는 영화 촬영에만 몰두하며 조용하게 지내고 있던 태웅이 다시 시청자들의 시야에 들어오 는 순간이었다.

까마귀 소리를 내며 자신을 껴안으려는 나진영을 교묘하게 밀치고, 강창구와 영혼 없는 악수를 나눈 후 그는 무대를 향 해 걸어갔다.

단상 위에 오르자, 최성운이 그를 향해 악수를 청했다.

태웅은 상을 받은 후 마이크 앞에 섰다.

새로운 몸으로 깨어난 후, 처음으로 수상 소감을 밝히는 순간이었다.

담담할 거라고 생각했다.

사실 전생에서 할리우드 슈퍼스타인 그는 상은 이미 지겹게 받았으니까.

하지만 원래 몸의 주인이었던 태웅과 하나가 된 영향 때문인지, 가슴 깊은 곳에서 울컥하는 감정이 솟구쳐 올랐다.

"우선 감사합니다. 이런 자리에서 겸손해야 하는 게 미덕인 줄은 알지만 기분이 좋아서 그렇게는 못하겠네요. 동생 태선아, 우리 같이 고생한 회사 대표 윤철이, 그리고 같은 소속사 연예인인데도 매니저 노릇해 주고 있는 홍구! 모두 고맙고 사랑한다!"

시원한 수상 소감에 박수가 이어졌다.

그는 감회에 젖어 자신을 바라보고 있는 사람들과, 자신을 비추고 있는 카메라를 눈에 담았다.

이제 시작이다.

앞으로 수없이 이어질 행보, 수없이 보게 될 광경들.

조용한 삶을 살고 싶었지만 시스템에 의해 어쩔 수 없이 다시 배우의 길을 걷게 되었고, 이제는 멈출 수 없는 길에 들어섰다.

'이번에는 반드시 성공한 스타가 될 거다. 배드엔딩이 아닌 해피엔딩으로 끝나는 삶을 살겠어!'

그것이 태웅의 다짐이었다.

*　　　　*　　　　*

이어진 시상식에서 떠오르는 스타상은 강창구에게, 인기배우상은 공전의 히트를 친 또 다른 드라마 '허깨비'의 주인공 신종수에게 돌아갔다. '청춘은 맛있어!'가 이슈가 되며 뜻밖의 대박을 낸 드라마라면, 허깨비는 케이블은 물론 공중파 드라마를 통틀어 수위를 다툴 정도의 대히트를 치며 기록적인 시청률을 기록한 작품이었다.

연기 경력 15년에 필모도 상당히 쌓인 미남 배우 신종수를 아직 인기로 넘어설 수는 없었기에 당연한 결과였다.

"다음은 베스트커플상의 후보를 보시겠습니다."

MC의 멘트에 이어 베스트커플상의 후보를 소개하는 영상이 대형 스크린을 통해 나왔다.

쟁쟁한 드라마의 쟁쟁한 커플들도, 달달함과 케미에서 누구 하나 빠지지 않았다.

마지막 후보인 태웅과 나진영의 화면이 나오자 좌중이 술렁거렸다.

하필 소개 영상이 드라마 마지막 회, 두 사람이 키스를 하는 부분이었다.

절묘한 편집으로 클로즈업에 반복까지 되는 영상에 태웅의 이마에는 핏줄이 솟았다.

'도대체 누구 짓인지 몰라도 내가 잡고 만다.'

아무래도 시상식 주최 측에 지능적 안티가 있는 것이 틀림없다!

인터넷상에서도 그들이 베스트커플상 후보로 올랐다는 사실에 시청자들이 폭발적인 게시글을 쏟아내고 있었다.

─미치겠다. 이거 시상식이 개콘보다 웃겨. ㅋㅋㅋ

─왜 강창구랑 나진영이 아니고 김태웅이랑 나진영이냐?

─주최 측에 강창구 팬덤 있는 듯.

─개막장 드라마 다시 봐도 쩐다 진짜ㅋㅋㅋㅋ 이거 작가랑 피디 밥은 먹고 다니냐?

─근데 키스신 다시 보니 둘이 사귀는 거 맞는 거 같음. 들리는 소문으론 나진영이 일부러 키스신 찍을 때 NG 여러 번 냈다던데?

─그럼 빼박이네. 둘이 지금 서로 손잡고 깍지 끼고 있는 거

아냐?

한편 강지나는 두 사람의 키스신을 대형 스크린으로 보면서 묘한 감정에 사로잡혔다.

이상하게 태웅의 연기를 볼 때마다 자신도 모르게 연상되는 누군가가 있었다.

'라이더 베스! 왜 자꾸 그의 연기가 떠오르지?'

유명을 달리한 세계적인 대스타.

어릴 때부터 그녀의 방 안을 도배하다시피 했던 브로마이드의 주인공.

라이더 베스의 열광적인 팬이었던 그녀는 그의 작품을 수십, 수백 번 돌려봤었다.

연기할 때의 세세한 습관, 특징까지도 속속들이 꿰고 있었다.

더욱이 그녀가 가장 좋아하는 장면은 바로 그의 키스신.

애정 연기마저도 끝판왕인 그는 정열적이면서도 담백하고, 부드러우면서도 거친 키스신을 늘 완벽하게 소화해 냈다.

그 장면을 수없이 반복 재생하며 자신이 영화의 상대 여배우가 된 것처럼 상상하기도 했다.

전문가의 입장에서 볼 때, 키스신에서 김태웅의 고개를 트는 각도와 표정, 느껴지는 분위기는 그야말로 라이더 베스와 판박이었다.

'어쩜 저럴 수가 있지……? 내가 착각하는 걸까?'

둘 사이는 어마어마한 신분과 외모의 차이가 있었다.

'내가 저 사람에게 끌리는 게 이것 때문일까? 너무 닮아서?'

방금 나진영과의 키스를 보며 그녀는 자신도 모르게 얼굴이 화끈거리고 숨이 가빠지는 것을 느꼈다.

질투 같기도 하고 미움 같기도 한 이상한 감정을 느꼈다.

"강 대표님, 괜찮으세요? 얼굴이 너무 붉어지셨는데요."

옆자리에 앉은 다른 기획사 대표가 그녀에게 걱정스러운 듯 물었다.

"별일 아니에요. 잠깐 두통이 와서……."

대충 둘러댄 후 그녀는 자리에서 일어났다.

화장실로 향한 후 거울을 들여다보며 숨을 몰아쉬니 차츰 안정이 되었다.

'아직도 충격이 남아 있나 봐. 정신 차리자, 강지나!'

지적이고 아름다우며, 흠결 하나 없이 완벽한 대형 기획사 대표인 그녀.

하지만 지금은 너무나도 사랑하던 스타의 죽음을 받아들이지 못하고 아파하는 한 사람의 팬에 불과했다.

*　　　　*　　　　*

'청춘은 맛있어!'의 김광록 피디와 유성미 작가는 아무런 상도 타지 못했다.

그 이유에 대해선 분분했으나 마지막 회의 막장 스토리가 원인일 것이라는 의견이 지배적이었다.

뒤풀이에서 한바탕 술에 취해 난동을 부렸다는 얘기까지 듣고 태웅은 고개를 절레절레 흔들었다.

'정말 노답이군. 앞으로 상종을 말아야지.'

"근데 상을 하나밖에 못 타서 어떻게 하냐? 타율이 너무 안 좋은데?"

자기가 더 아쉽다는 듯한 홍구의 말에 그는 피식 웃었다.

"그까짓 상 하나면 충분하지. 어차피 상이란 거, 별 의미도 없잖아?"

"상이 의미가 없다고? 나 같으면 그런 거 받으면 평생 가보로 모셔둘 거다! 배부른 소리 하고 있네."

"앞으로 열심히 해서 받아. 너도 이제 엄연한 배우 아니겠냐?"

홍구는 조만간 마성의 퀴어 영화 출연을 위해 감독과 미팅을 가질 것이라고 했다.

언제까지 운전기사에 매니저 노릇을 시킬 수도 없는 노릇.

이제 슬슬 제대로 된 로드매니저를 구해야 할 때가 된 것 같았다.

'쓸 만한 녀석이 없을까? 엘런같이 유능하고 못하는 게 없는 매니저라면 더 바랄 게 없을 텐데……'

이제 와서 전생의 친구를 그리워해 봤자 소용없는 일이다.

그를 대체할 수 있는 사람을 구하기란 불가능할 테니까.

[미션: 스타가 되기 위해선 유능하고 믿을 만한 매니저가 필요한 법! 새 로드매니저를 구하세요.]

[미션 성공 시 연계 퀘스트가 열립니다.]

오랜만에 들리는 시스템 메시지에 그는 화들짝 놀랐다.

새 로드매니저를 구하라!

위대한 배우라는 꿈은 혼자만의 힘으로 가능한 것이 아니다.

주변 사람들의 도움과 희생으로 이루어지는 것이기도 하다.

전생에서도 늘 그를 뒤에서 챙겨주고 받쳐주었던 사람들이 없었다면 그러한 스타가 되진 못했을 테니까.

남은 라이프 포인트는 대략 185.

영화 개봉일이 피치 못할 사정으로 미뤄지는 일이 잦다는 것을 고려한다면, 다른 미션을 달성하여 여유 있게 포인트를 비축해 두는 게 안전했다.

'마침 윤철이도 공고를 올리겠다고 했으니 괜찮은 녀석이 나타나는지 한번 지켜보자. 엘런의 반만큼이라도 되는 녀석이 있다면 좋을 텐데!'

우상의 촬영도 종반으로 향하고 있는 지금, 함께 촬영장으로 향할 새로운 파트너가 간절히 필요한 시점이었다.

S# 3
클라이맥스 촬영에 돌입하다

태웅의 매니저 모집 공고에 대량의 지원자가 몰렸다.

그 얘기를 들은 태웅은 의외라는 생각에 회사 컴퓨터 메일함을 훔쳐 보았다.

대학생부터 웨이터, 아이돌 연습생 출신과 대기업 사원에 이르기까지 온갖 다양한 인간 군상들이 모여들었다.

"도대체 이 인간들은 뭐가 아쉬워서 로드매니저를 하겠다는 거야?"

물론 윤철과 태웅은 결코 매니저의 대우를 박하게 해줄 생각이 없었다.

하지만 간혹 지나친 스펙의 지원자들이 보여서 왠지 진정성이 의심되었다.

"요즘 가뜩이나 취업 전쟁 시대잖아. 그만한 스펙 가지고도 취직이 잘 안 되나 보지."

"아니면 연예계에 관심이 많을 수도 있지. 뭐 그 짓을 조건 보고 하냐. 인맥 쌓아서 나중에 기획사라도 하나 차려야겠다, 생각하고 하는 거지."

윤철 역시 로드매니저 생활을 거치면서 업계에 대해 많은 파악을 할 수 있었다고 했다.

그렇더라도 월급 100만 원 수준의 박봉에 24시간 대기를 타야 하는 매니저는 3D업종인 것은 분명했다.

"다른 거 다 필요 없고, 오래 할 수 있는 사람! 일단 그거부터 보면 돼."

"운전은?"

"아, 운전……."

물론 태웅이 아직까진 아이돌 수준으로 바쁜 스케줄은 아니었고, 회사에서도 그렇게 많은 업무량을 요구하지는 않을 것이다.

그래도 힘든 건 힘든 거니까…….

"들어오세요."

무슨 아이돌 뽑는 오디션도 아니건만, 윤철은 나름 각을 잡고 매니저 면접을 보고 있었다.

그래 봤자 사무실이 코딱지만 해서 폼은 안 난다.

"안녕하세요! 저는 연예계에서 전설이 아닌 레전드가 되고자 하는 매니저 지망생입니다! 시키시는 일은 뭐든지 열심히 하겠습니다. 잘 부탁드립니다!"

호쾌하게 인사하는 면접자의 인상을 보니 일하고 3일 안에 안 나올 것 같은 확실한 느낌이 왔다.

원래 빈 수레가 요란한 법.

실버문 엔터테인먼트 입사에 사활을 건 듯한 지원자를 돌려보낸 후 윤철은 한숨을 쉬었다.

"안 올 것 같은데……."

"동감이야."

일단 작은 사무실의 크기를 보고 실망한 듯했고, 근무 조건을 들었을 때 더더욱 표정이 어두워졌다.

열정만 내세우는 사람은 열정이 사라지면 아무것도 남지 않는다.

경력과 상관없이 오래 할 수 있는 사람이 필요하다.

"아무래도 한동안은 직접 운전하고 다녀야겠는데?"

대략 오늘 하루 만도 열 명의 면접을 봤지만, 이 사람이다 싶은 사람이 없었다.

"야, 그래도 어떻게 회사 창립 이래 최고의 연예인을 직접 운전을 시켜?"

"내가 무슨 왕도 아니고 뭐 어때?"

"차라리 내가 한다. 넌 품위를 유지해."

"그건 내가 거절한다. 인마."

로드매니저 생활을 그만두게 했던 윤철의 교통사고.

그 이후 그는 심각한 운전 공포증에 걸려 있는 상태다.

"당장 오늘 촬영은 어떻게 하려고?"

"그냥 내가 간다니까!"

한참의 실랑이 끝에 결국 태웅은 간신히 혼자서 사무실을 빠져나오는 데 성공했다.

*　　　　*　　　　*

촬영장인 송도로 들어서는 길목.

태웅이 담배를 피우기 위해 잠시 정차를 했을 때, 검정색 세단 두 대가 갑자기 그의 차 앞뒤를 막고 섰다.

졸지에 오갈 데 없는 처지가 되어 버린 그는 세단에서 내리는 검은 정장의 덩어리들을 보고 사태가 심상찮음을 눈치챘다.

'이것들은 또 뭐야?'

하나, 둘, 셋, 넷… 여덟.

아무리 태웅이라도 지금 상황에서는 시스템 능력을 이용하지 않는 이상 맞상대하기 힘든 숫자다.

게다가 이놈들은 왠지 느낌이 심상치 않다.

김샛별 패거리와는 다르게 제대로 된 프로의 느낌이 난다.

그의 머릿속에 퍼뜩 한 가지 생각이 스치고 지나갔다.

'칠상파……?'

굳게 닫힌 운전석 창문을 선두에 선 뺨에 칼자국 난 남자가 가볍게 두드렸다.

이걸 열어, 말아?

잠시 갈등하던 태웅은 유리창을 반쯤 내렸다.

어차피 지금 상황에서는 차를 밀어버리지 않는 이상 꼼짝할 수 없는 상태였다.

"뭡니까?"

"김태웅 씨, 잠깐 내리지?"

"싫은데요."

"싫어?"

"그래. 그리고 왜 반말이야?"

태웅의 말에 덩어리들이 서로를 바라보다니 껄껄대며 웃었다.

"그럼 존댓말로 해드릴까? 지금 내리면 최소한 앞으로 기지 않고 걸어 다닐 수는 있게 해주겠습니다. 어때요?"

웃음기가 가신 칼자국의 얼굴을 보며 태웅은 짜증이 솟구쳤다.

하지만 지금 당장 순순히 내릴 수는 없었다.

'에이 씨… 가뜩이나 포인트도 넉넉하지 않은데 또 써야 하나?'

순순히 내리지 않자 검은 정장들이 트렁크에서 연장을 꺼내는 것이 보였다.

막 시스템 메뉴를 소환하려는 찰나, 갑자기 굉음이 울리며 큰 밴 두 대와 익숙한 고급차 한 대가 나타났다.

"뭐, 뭐야?"

덩어리들이 놀라는 사이, 어느새 근처에 멈춰 선 밴 두 대에서 은갈치 정장을 입은 남자들이 우르르 내렸다.

둘, 넷, 여섯, 여덟, 열…….

수적으로도 우위였지만 어째 풍기는 아우라가 예사롭지 않는 남자들이다.

'그런데 왜 은갈치 정장을… 이런 역할은 보통 검은 색을 입지 않나?'

반짝거리는 은갈치가 심히 눈에 거슬렸다.

마침 멀리 송도 바닷가에서 불어오는 바다 냄새까지 코를 간지럽히자 그는 황해에 온 듯한 착각에 빠졌다.

밴에 비해 조금 늦게 멈춰선 고급차의 문이 열리며, 익히 잘 아는 남자가 내렸다.

'최수빈!'

그는 핏이 잘 맞는 깔끔한 검은색 정장을 입고, 다부진 몸집의 두 남자의 호위를 받으며 이쪽으로 다가왔다.

'저 자식, 혼자만 멋지게 차려입었잖아?'

이런 긴박한 상황에서 자꾸만 복장에 신경이 쓰인다는 것이 이상하긴 했지만…….

어쨌든 지금으로서는 반가운 존재다.

"지금 뭐 하는 겁니까? 칠상파 여러분."

감정이라고는 전혀 느껴지지 않는 최수빈의 말투에 칼자국의 표정이 구겨졌다.

"최 사장, 목숨이 열 개쯤 되나 보지? 겁도 없이 우리 앞에 나타나다니……."

칼자국과 최수빈의 눈빛이 허공에서 충돌했다.

"목숨은 하나입니다만… 여러분 열 명의 목숨보다는 길 것 같군요. 여기까지들 오셨는데 송도 앞바다에서 바닷물 좀 먹고 가시렵니까?"

"이 새끼가!"

버럭 하는 부하 덩어리들을 제지하며 칼자국이 이빨을 뿌드득 갈았다.

"누가 바닷물 먹을지는 해봐야 알지 않겠어?"

"오늘은 드라이브 한 셈치고 그냥 들어들 가세요. 지금 우리끼리 칼부림해 봤자 좋을 게 있겠어요? 대한민국 치안 좋은 나랍니다. 경찰 오는 거 금방이에요."

최수빈이 핸드폰을 손에 들고 약 올리듯 흔들었다.

한참 동안 그를 노려보던 칼자국이 성난 목소리로 부하들에게 명령했다.

"가자!"

그는 차에 오르기 전 태웅과 최수빈을 번갈아 보더니 냉소를 지었다.

"오늘은 서로 얼굴 익혔으니까, 다음번에 제대로 한번 놀아 봅시다. 김태웅 씨!"

칠상파 일당이 사라지고 난 후, 최수빈은 태웅을 향해 다가오며 빙긋 웃었다.

"어때요? 백마 탄 기사 같죠?"

'백마가 아니라 은갈치지.'

태웅은 운전석 문을 열고 나와 그와 마주 섰다.

"뭡니까?"

"뭐가요?"

"내가 여기 있는 거, 그리고 저 덩어리들에게 둘러싸인 거. 어떻게 알았냐고요."

최수빈은 휘파람을 불며 딴청을 피웠다.

"그게 뭐 그리 중요하겠습니까? 태웅 씨가 저놈들의 칼에 잘 다져진 다짐육이 안 된 게 중요하죠."

"중요하거든요? 내가 말했을 텐데요. 나 스토킹하지 말라고."

"이렇게 생각하시면 어떨까요? 제가 태웅 씨를 지켜보고 있었기 때문에 오늘 안전할 수 있었던 겁니다."

끝까지 말을 돌리는 그를 보니 태웅은 심기가 불편해졌다.

어쨌든 이 인간 때문에 포인트를 아낀 건 사실이니 고맙기는 했다.

"뭐 그건 그렇습니다만……."

"그럼 된 거죠. 우리 이제 생산적이지 않은 얘기는 관둡시다. 마침 나도 촬영장 가는 길이었는데 같이 가시죠. 차는 우리 애들에게 맡기시고요."

"사양하겠습니다."

"빼시긴. 그런데 오늘은 매니저가 안 보이네요? 직접 운전해서 촬영장에 오는 겁니까?"

"걔는 매니저 아닙니다. 새로 구하는 중이라서 잠시 혼자 다니는 거고요."

"이런… 우리 영화의 주역 대접이 말이 아니군요. 그 건에 대해서는 제가 좀 알아보겠습니다."

'뭘 알아본다는 거야?'

자꾸만 자신의 주위를 얼쩡거리는 그가 불쾌했다.

곱상하게 생겼다고는 하지만, 남자에게 스토킹당하는 기분이 썩 좋을 리가 없다.

"그럼 이따 촬영장에서 뵙죠. 뭐, 금방이긴 하겠네요. 하하하."

호쾌한 척 웃으며 자기 차에 오르는 그를 태웅이 불러 세웠다.

"왜요? 마음이 바뀌셨습니까?"

"근데 왜 혼자만 멋있게 입습니까?"

"네?"

"조금 치사해 보여서 말입니다. 혼자 은갈치 사이에 껴 있는 꼴뚜기 같잖아요?"

"…네?"

벙쪄 있는 그를 두고 태웅은 자기 차에 올라 시동을 걸었다.

그래도 복장에 대해 한마디 해주고 나니 속이 후련했다.

'지들이 무슨 트로트 가수야?'

*   *   *

촬영장에 도착했을 때 고화영 감독은 이미 최수빈과 얘기하러 간 듯 보이지 않았다.

들어서는 그를 향해 오영홍이 반갑게 손을 흔들었다.

유지니도 눈을 맞추며 인사를 건넸고, 강남일 또한 반가운 기색이었다.

강규환과는 다소 껄끄럽긴 했지만, 그래도 오갈 때 인사 정도는 하는 사이가 되었다.

"시상식 잘 봤어. 완전 팝스타 같던데?"

케이블 방송 대상 시상식에서 초청 가수 정재정과 함께 객석을 휘저었던 모습으로 인해 태웅은 다시금 화제에 올랐다.

덕분에 그가 촬영하고 있는 영화 '우상'에 대한 기대감과 관심 또한 더욱 높아졌다.

여러 명의 기자들이 촬영장 근처에서 진을 치고 있는 것으로 보아, 태웅에게도 인터뷰를 시도하려는 것 같았다.

'저 정도는 그나마 낫지. 그놈의 파파라치, 또 어딘가에서 날 지켜보고 있는 건 아니겠지?'

일거수일투족을 기사화하는 황병준 기자와, 자신에게 추적장치라도 달았는지 실시간으로 등장하는 최수빈.

두 사람으로 인해 적지 않은 스트레스를 받고 있는 그였다.

그나마 수준 높은 영화에 출연하여, 마음껏 연기를 할 수 있다는 사실로 즐거움을 찾고 있었다.

"이제 슬슬 촬영도 막바지네요. 조금 많이 아쉬운데요?"

유지니가 태웅에게 다가와 말을 걸었다.

그녀는 촬영 복장인 타이트한 레깅스를 입고 있었는데, 몸매의 굴곡이 그대로 드러나 보였다.

간혹 지나가던 다른 배우나 스태프들이 그녀의 몸매를 보며 침을 꿀꺽 삼켰다.

태웅은 그녀가 워낙 가까이 다가와 말하는 바람에 시선을 어디에 두어야 할지 모를 지경이었다.

그녀의 몸에서 나는 향긋한 샴푸향까지 정신을 어지럽히고 있었다.

"그러게요. 저도 아쉽네요."

"특히 태웅 씨 같은 신스틸러와 연기를 더 못 해서 참 아쉬워요. 후훗."

그렇잖아도 시상식에서 받은 상 덕분에 가는 곳마다 그를 '신스틸러'라 부르고 있었다.

두 사람 사이에는 아직 키스신이 남아 있다.

물론 그녀는 오영홍, 강규환과도 키스신을 찍었다.

상대에 따라 나름 다른 느낌을 연출하는 배우기에, 감독은 그녀에게 많은 기대를 걸고 있는 것 같았다.

'키스신이라면 나를 따라잡을 배우가 없었지… 하지만 너무 실력 발휘를 했다가는 귀찮아질 수 있으니 조절하자.'

전생에서는 너무 키스를 잘하는 바람에 그와 키스신을 찍은 상대 여배우는 그때의 강렬한 느낌을 잊지 못해서 사석에서도 매달리기 일쑤였다.

나진영과의 키스신 당시 자신도 모르게 현란한 입술의 움직임이 나올 뻔했다.

만약 그랬다면 어떻게 됐을지 생각만 해도 머리가 아팠다.

가뜩이나 지금도 귀찮게 굴고 있는데 말이다.

"오래들 기다렸죠? 촬영 들어갑시다!"

촬영장으로 돌아온 고화영이 활기찬 목소리로 외쳤다.

거대 조직 구상파를 무너뜨리려는 주인공 수현에게 협력하는 휘빈.

구상파 소유 카지노 개장 축하 파티에서 큰 폭발이 일어나고, 혼란의 와중에 수현은 구상파의 보스인 조만출 회장을 궁지로 몰아붙인다.

그를 호위하기 위해 나타난 진구와 총격전을 벌이는 수현.

혼란의 와중에 휘빈은 누구를 도와야 할지 갈등하게 된다.

자신을 협박했지만 누구보다 동경하는 대상인 수현.

이복형이지만 악의 화신과도 같은 진구.

진구의 애인이자 수현이 구상파에 잠입시킨 스파이, 연희까지 본색을 드러내면서 영화는 마침내 클라이맥스로 치닫는다.

'오늘도 재밌겠군. 스트레스 좀 풀어볼까?'

속을 드러내지 않고 감정을 억제하는 연기도 나름 맛이 있다.

하지만 역시 배우로서 최고의 카타르시스를 느낄 수 있는 연기는 폭발이다.

특히 누아르 영화의 클라이맥스는 모든 배우들이 자신의 에너지를 남김없이 소진하면서 연기를 폭발시킬 수 있는 일종의 축제였다.

"안녕하세요. 김태웅 씨."

다가올 촬영을 위해 배역에 몰입하려던 태웅은 갑자기 자신에게 다가와 말을 거는 젊은 남자를 바라보았다.

앳된 얼굴이지만 몸은 의외로 다부진 편이었다.

"누구시죠?"

"저는 이 영화에서 구상파 조직원을 연기하고 있는 단역 고서윤이라고 합니다."

그러고 보니 스쳐 가듯 그를 본 기억이 났다.

전문 연기자는 아니고, 아르바이트로 몇 번 출연하고 있는 것 같았다.

그런데 그가 왜 자신에게 말을 거는 걸까?

"아… 그런데 무슨 일로?"

"이런 데서 말씀드리기 뭐 하지만, 매니저 구하신다면서요?"

*   *   *

촬영장에서 구직 신청인가?

태웅은 고서윤의 말에 황당했지만 일단 고개를 끄덕였다.

"네, 매니저 구하고 있습니다만… 왜 그러시죠?"

다시 한번 살펴보니, 꽤 깔끔한 마스크에 체격도 다부진 편으로 그냥 엑스트라로 묻혀 있다는 게 아까울 정도였다.

나이는 20대 중후반 정도 되었을까?

"저도 지원하고 싶어서요. 제 오랜 꿈이 바로 매니접니다."

"아아, 그래요? 경험은 있으시고요?"

"매니저 경험은 없습니다만, 나름 사회생활은 많이 해봤다고 생각합니다."

태웅은 그를 대하며 들었던 왠지 모를 위화감이 뭔지 알아차렸다.

이 남자, 이상하게 표정이나 말투가 밋밋하기 짝이 없다.

마치 로보트 같은 느낌이랄까?

"일단 촬영 끝나고 시간 되면 회사 사무실로 함께 가시죠. 저희 대표님도 봐야 할 것 같으니까요."

"물론입니다. 기다리고 있겠습니다. 감사합니다."

그가 물러가고 난 후 태웅은 바로 다음 신 촬영을 준비했다.

하지만 머릿속에서는 고서윤에 대한 의문이 떠나지 않았다.

'왜 보조 출연자가 갑자기 매니저를 하고 싶다는 거지? 뭐, 꿈이라면 이해 못 할 바는 아니지만…….'

"무슨 생각을 그렇게 해? 오늘 클라이맥스니까 제대로 한번 맞춰봐야지!"

오영홍이 또다시 호쾌하게 그의 어깨를 두드렸다.

워낙 힘이 장사라서 그런지 시큰거릴 정도로 아프다.

"선배님 신 끝났어요? 카터랑 찍는 거?"

"아니, 이제 막 들어갈 거야. 오늘 감독님이 꽤나 까다로워서 한 번에 가는 게 잘 없네."

비중 있는 역할인 페노메논 역을 맡은 미국 배우 에릭 카터는 나름 현지에서도 지명도 있는 중견 배우다.

굵직한 액션 영화나 감정선이 중요한 멜로 영화에 조연으로 여러 번 출연하여 인상적인 연기를 펼쳤다.

그가 한국에서 영화를 찍게 된 것은 오영홍과의 친분 때문이라고 했다.

지난번 술자리에서 들은 얘기로는 오영홍은 할리우드 진출을 계획하고 있다고 했다.

판타지 영화에서 악역으로 잠깐 출연한 적이 있었는데, 나온 시간은 고작 1~2분에 불과했다. 하지만 그 짧은 시간 동안 관객들에게 강렬한 인상을 주었다.

그래서 그의 연기를 본 할리우드 감독들로부터 러브콜이 꽤나 들어오고 있었다.

주연은 아니었지만 아시아계 등장인물 역할로 오영홍을 원하고 있었는데, 동양적인 개성이 넘치는 마스크, 섬세함과 강렬함을 동시에 갖춘 연기력 등이 해외 영화감독들 사이에서도 높은 평가를 받고 있다고 했다.

아시아계 배우로 세계적인 스타가 된 라이더 베스의 뒤를 이을 후보 중 하나로 낙점되었다는 말도 있었다.

'내 후계자라… 나보다 외모는 훨씬 못하지만 연기는 그래도 꽤 하지. 후후.'

오영홍은 180센티미터가 안 되는 키에 머리도 일반인 정도로 큰 편이고 비율도 그리 좋지 않다.

하지만 분위기 있는 외모와 깊은 목소리가 그러한 단점을 완벽하게 가려주었다.

게다가 할리우드에서도 주목할 만큼 매력 있는 연기를 보여주니 배우로서는 이상적인 수순을 밟아나가고 있는 것이다.

현재로서는 한국에서 월드 스타가 될 가능성이 가장 높은 배우다.

"오, 미스터 태웅. 오늘도 멋진 연기 보여줘."

두 사람에게 다가온 에릭 카터가 어색하기 짝이 없는 한국어로 태웅에게 너스레를 떨었다.

태웅은 장난기가 발동하여 일부러 그가 못 알아들을 단어를 꺼냈다.

"땡큐. 카터도 오늘 존멋인데?"

"왓? 존멋? 존맛?"

"그냥 너 폼 난다고."

"아아, 고마워! 너도 폼사리 나."

저런 단어는 어디서 주워 들은 거야?

안 되는 한국어를 더듬더듬 말하는 그를 본 주위 배우와 스태프들이 모두 웃음을 터뜨렸다.

"오우. 다들 왜 웃는 거야? 내가 뭐 이상한 말 했어?"

"노우. 너 엄청 재밌어. 유 아 소 유머러스. 오케이?"

"그럼. 내가 원래 유머, 좀 잘해. 하하하."

영어로 말하고 통역을 써도 될 것을 굳이 한국어로 하면서 배우들과 섞이려고 하는 모습이 호감이 갔다.

중견 배우 강남일과 더불어 촬영장의 유쾌한 분위기를 이끄는 분위기 메이커였지만, 그가 맡은 배역은 주인공 수현이 속해 있는 세계적인 조직 일리야 신디게이트의 간부이자 한국 연락책인 거물 '페노메논'이었다.

그러고 보면 강남일도 구상파 보스인 조만출 회장 역할을 맡고 있으니, 둘 다 촬영 전과 후의 모습이 극과 극이라고 할 수 있다.

신 98.

주인공 수현과 접선한 페노메논이 그에게 점잖은 태도로 으름장을 놓는다.

더 이상 한국 거대 조직 구상파를 무너뜨리는 일에 힘을 쓰지 말라는 것이다.

일리야 신디게이트로서는 한국에서 구상파와 적당히 손을 잡거나 한국 진출하고자 하는 사업 부문의 유통 루트를 뚫으면 그만이다.

그런데 한국 지부의 주요 인물인 수현이 굳이 구상파를 송두리째 무너뜨리기 위해 온 힘을 쏟고 있으니, 상부에서는 달가울 리가 없다.

수현의 사무실 펜트하우스에서 만난 두 사람.

서로 은근히 견제하고 협박하며 기 싸움을 벌인다.

주먹다짐을 하거나 총질을 하는 것은 아니지만, 말과 표정만으로도 숨 막히는 긴장감을 연출해야 하는 장면이다.

두 사람의 연기를 지켜보며 태웅은 감탄하지 않을 수 없었다.

오영홍의 미세 연기와 에릭 카터의 얼음장 같은 연기가 절묘한 조화를 이루고 있었다.

그리 길지 않은 신이건만 보이지 않는 수십 합의 초식이 오간 느낌이다.

배우들의 멋진 연기를 어딘가에서 훔쳐보며 함박웃음을 짓고 있을 최수빈을 생각하니 은근히 심술이 났다.

"자, 이제 드디어 카지노 시퀀스네요. 우리 영화의 하이라이트니까 다들 마음의 준비 단단히 하십시다."

고화영이 들뜬 목소리로 배우와 스태프들에게 외쳤다.

감독마다 스타일이 다른데, 고화영은 촬영장에서 감정 기복이 심한 부류였다.

촬영이 잘되면 마치 조증에 걸린 것처럼 한없이 기쁘고 즐겁지만, 차질이 생기면 극단적으로 우울해지고 말이 없어진다.

그래도 우상을 둘러싼 문제들이 어느 정도 해결된 이후론 대개 기분이 좋은 상태였다.

'아침에 칠상파가 날 조지려고 했다는 걸 알면 다시 죽상이 되겠지?'

용케 최수빈이 그 사실을 감독에게 말하지 않은 모양이었다.

이쯤 되면 영화사 차원에서 자신에게 경호원을 붙여줘야 하지 않을까 싶은 생각이 들었다.

경찰에 신고를 해볼까 생각했지만 그랬다가는 일이 커지게 될 수 있다.

언론에 새어 나가면 영화의 이미지에도 타격이 가게 된다.

'일단 할 걸 하고 생각해 보자.'

영화의 가장 중요한 하이라이트, 카지노 신이 눈앞에 있다.

주로 밤이 배경이 되기 때문에 야간 촬영이 이루어진다.

앞으로 한동안 밤샘을 해야 할지도 모른다.

카지노 시퀀스는 우상의 이야기 막바지를 장식하며, 모든 의문이 매듭을 짓고 갈등이 폭발하는 중요한 구간이었다.

검사 살인 사건의 배후에 카지노 설립 허가권을 노린 구상 파가 있다는 것.

그리고 그들과 손을 잡고 있는 정재계 인사들의 리스트와 증거들이 담긴 파일을 빼내는 막중한 임무를 담당하게 된 휘빈.

이복형인 진구의 등에 칼을 꽂는 일이었지만, 그는 더 이상 갈등하지 않았다.

어릴 적 그의 어머니를 살해한 것이 바로 진구였다는 사실을 알게 되었기 때문이다.

휘빈과 진구의 아버지는 유명 사업가로, 진구의 어머니를 버리고 휘빈의 어머니와 새 살림을 꾸렸다.

이로 인해 어머니가 자살 기도를 하자, 당시 중학생이었던 진구는 아버지를 돌아오게 하기 위해 휘빈의 어머니를 살해한 것.

수현은 카지노에서 열리는 뮤직 페스티벌 공연으로 소란스러운 와중에 구상파의 시선을 돌리기 위해 구상파 빌딩 한 층을 폭탄으로 날려 버린다.

혼란스러운 틈을 타 진구의 사무실에 잠입한 휘빈.

연희의 도움을 받아 중요 파일을 빼내고, 빠져나오던 와중에 구상파 조직원들의 공격을 받는다.

복수심에 휩싸여 있으면서도 그 감정을 억눌러야 하고, 잠입 액션 연기와 육탄전 연기까지 해야 한다.

이번 시퀀스는 다른 배우들도 그렇지만 태웅에게도 무척 힘들고 치열한 촬영을 예고하고 있었다.

"이것 좀 드세요."

다시 한번 머릿속에 새겨둔 대본을 복습하고 있던 태웅은 갑자기 눈앞에 유리병 하나가 있는 것을 보았다.

언제 다가온 건지, 고서윤이 무덤덤한 표정으로 고개를 꾸벅 숙였다.

"영화의 클라이맥스다 보니 체력이 많이 소진되실 겁니다.

미리 원기 회복을 해두고 연기하는 게 편하십니다."

효과 좋기로 유명한 자양 강장제.

뚜껑까지 이미 열린 채다.

"고, 고마워요."

"대단한 것은 아니니 신경 쓰지 않으셔도 됩니다."

고서윤은 겸양의 말을 하곤 다시 보조 출연자들이 모여 대기하고 있는 장소로 돌아갔다.

말하는 것은 인공지능, 움직임은 꼭 사이보그 같은 느낌이다.

아직 매니저로 정식 채용하지도 않았건만, 이미 매니저가 할 일을 시작한 듯한 태도다.

그를 보며 태웅은 왠지 세계 최고의 한국 바둑 선수와 바둑 대결을 벌여 승리한 구글 사의 인공지능, 알파고가 떠올랐다.

"그러고 보니 성도 고 씨잖아? 이게 무슨 우연의 일치람?"

갑자기 몸이 으스스해지며 오한이 일었다.

오한수의 전례가 있었기에, 저 남자 역시 자신의 눈에만 보이는 시스템의 산물이 아닐까 의심이 된다.

아니면… 촬영장마다 하나씩 있다는 촬영장 귀신?

그는 황급히 오영홍에게 다가가 고서윤을 가리키며 물었다.

"선배, 저기 저 흰 남방에 검은 면바지 입은 남자 보여요?"

"누구?"

오영홍은 눈을 가늘게 뜨고 태웅이 가리킨 곳을 살피더니 고개를 끄덕인다.

"자주 보던 엑스트라 같은데? 나랑 같이 찍은 신도 있어. 왜?"

"정말이에요? 확실한 거죠?"

"그렇다니까."

그제야 태웅은 가슴을 쓸어내리며 한숨을 쉬었다.

손에 들고 있던 자양 강장제를 들이켜고 나니, 몸에 따뜻한 기운이 일며 정신도 맑아졌다.

'괜히 의심했나? 아니야. 아직 마음을 놓지 말자.'

워낙 적이 많아서인지 누가 어떤 방식으로 공격이 들어올지 모른다.

고서윤이라는 사람에 대한 경계를 잃지 않으면서 그의 진면목을 파악해야 한다.

*　　　　　*　　　　　*

"컷! 다들 아주 그냥 나날이 연기가 늘어! 단체로 무슨 수련이라도 하는 거야? 하하하."

고화영은 촬영을 마친 후 연기한 배우들의 어깨를 일일이 두들겨 주었다.

체통 없는 모습으로 비춰질 수도 있었지만 그는 아랑곳하지 않았다.

특히 어머니 죽음의 진실을 알아낸 휘빈의 감정 표현을 제대로 해낸 태웅은 그의 칭찬에 상당한 지분을 차지하고 있었다.

"우리 리틀 빅 히어로! 어떻게 그렇게 연기를 잘하십니까? 허허허."

고화영의 칭찬에 태웅은 여유 있게 웃으며 고개를 끄덕였다.

"그냥 열심히 했습니다."

"열심히만 해서 그렇게 나올 수 있다면 세상에 연기 못하는 배우가 어디 있겠어? 이건 태웅 씨의 그릇이야, 그릇! 정말 멋진 캐릭터 해석이었다고."

극찬을 받은 연기지만 사실 태웅에게는 어려울 것이 없었다.

시나리오를 통해 캐릭터에 대해 완벽히 숙지하면, 저절로 그에게 완전하게 몰입할 수 있었다.

원래의 자신을 버리고, 맡은 인물로 변신한다.

그 인물의 시선으로 세상을 보고, 그가 살아오면서 겪었을 수많은 사건들과 그로 인해 마음속에 차곡차곡 쌓아둔 감정을 떠올린다.

한 인간에 대한 고찰.

그 단계를 지나면 그때부터는 어떤 상황에서의 어떤 연기도 어려울 것이 없었다.

문제는 깊이였다.

넓게가 아니라 깊게 파고드는 것.

단 한 인물의 한 신을 연기하더라도 최선을 다하는 것.

그것이 바로 태웅이 생각하는 좋은 연기의 비결이었다.

남한테 떠벌리기엔 조금 오그라들지만…….

"이제 같이 들어가요. 다시 한번 합 맞춰볼까요?"

유지니는 제법 긴장한 얼굴이었다.

중요한 신인 데다가, 액션 신 이후에는 긴박한 상황에서 태웅과의 짧은 키스신까지 있다.

누구 하나 NG를 내면 피해가 막심한 장면인 것이다.

"좋습니다. 가시죠."

                    *   *   *

태웅의 액션 연기가 불을 뿜으면서 촬영장은 후끈 달아올랐다.

스턴트맨 출신이 액션 신을 찍게 됐으니 그야말로 물 만난 물고기라고나 할까?

액션 감독과 활발한 의견을 주고받으면서 자연스러운 동선과 순서를 정하는 그의 모습은 여느 베테랑 배우 못지않았다.

휘빈이 진구의 사무실에 잠입하여 주요 파일을 USB에 담은 후 빠져나가는 시점부터 롱테이크 액션 신이 시작된다.

조직원이나 특수부대 요원도 아니고 그저 주인공 수현을 동경하여 배운 격투기와 사격술이 전부인 휘빈이기에, 실제처럼 다소 투박하면서도 처절한 액션이 주를 이루는 신이었다.

"이거 너무 멋지잖아? 어째 주인공이 내가 아니라 태웅이인 것 같은데? 하하하."

오영홍이 태웅이 액션 합을 맞추는 것을 보고 너스레를 떨었다.

그의 말대로 이번 신의 비중은 주로 태웅에게 맞춰져 있었다.

중간에 도와주기 위해 연희 역의 유지니가 등장하긴 하지만, 결국 주된 것은 태웅의 시선인 것이다.

오영홍과 강규환 역시 클라이맥스 신의 연기를 위해 치열하게 액션 합을 맞추고 있었다.

그동안 이빨을 감춘 채 튀지 않는 연기를 선보이던 강규환도 이번만큼은 마음껏 날뛰고 있었다.

그것이 감독의 지시이기도 했다.

시나리오상, 마지막 싸움에서만큼은 차갑고 건조한 진구도 자신의 광기를 마음껏 드러내기 때문이었다.

"괜찮아요?"

"그럼요. 잠깐 다리에 힘이 풀려서… 조금만 쉴게요."

합을 맞추는 와중에 유독 유지니가 실수를 연발했다.

액션 연기를 할 줄 아는, 몇 안 되는 여배우인 그녀조차도 중압감이 장난이 아닌 듯했다.

극 중 휘빈과 합류하기 직전 혼자서 강적을 상대하는 신이 있었다.

구상파 조직원 중 행동 대장인 박산 역을 맡은 배우와 육박 전을 벌이는 장면을 미리 맞추던 중 실수로 그의 코끝을 치는 바람에 잠시 중단이 되기도 했다.

연신 사과를 하고 풀이 죽은 모습이 그녀답지 않았다.

"이번 연기, 웬만한 무술 감독들도 하기 어려울 것 같아요. 잘하고 있어요."

그녀가 태웅의 위로에 놀란 듯 고개를 들었다.

"고마워요. 태웅 씨가 웬일로 위로를 다 하고… 내가 많이 울적해 보이긴 했나 보다. 호호."

'너가 잘해야 나도 안 힘드니까 그렇지.'

태웅은 그녀에게 액션 연기의 팁을 몇 가지 가르쳐 주었다.

"가위바위보와 같은 흐름이라고 생각하시면 돼요. 상대가 들어오면 나는 빠지고, 내가 들어가면 상대가 물러서고. 이번 신에는 이런 합이 주가 되니까 리듬만 잘 기억하면 어긋날 일은 없을 거예요."

말은 이렇게 했지만 사실 대단히 까다로운 액션이다.

블록버스터 영화같이 화려하고 멋지기만 한 액션이 아니라, 마치 실전의 싸움을 보듯 날것 느낌이 나는 액션이기 때문이다.

화려하고 동작이 큰 액션은 구시대의 유물처럼 취급되고 있었지만, 영화의 성격과 맞는다면 오히려 더욱 근사한 그림을 만들어낸다.

우상의 경우 완전한 액션 영화도 아니고, 누아르 느낌이 훨씬 강하기 때문에 화려하기만 한 액션은 맞지 않는다.

그렇다고 해서 완전 날것의 느낌을 넣기에는 역시 적합하지 않다.

중간 지점을 정확하게 잡아야 하는 것이다.

고화영은 뛰어난 감각을 발휘하여 영화 전체에서 스타일리시하면서도 처절한 액션 신의 느낌을 제대로 만들어냈다.

역시 충무로에서 최근 가장 잘나가는 감독인 이유가 있다.

'뭐, 절반쯤 내 덕이긴 하지만. 후후.'

클라이맥스 액션 신들 대부분에 태웅의 입김이 들어갔다.

고화영은 그를 적극적으로 활용하여 액션 감독과 함께 우상 특유의 분위기를 살리면서도 생동감을 잃지 않는 액션 신을 기획할 것을 주문했다.

스턴트맨 출신으로 누구보다도 다양한 액션 경험을 가지고 있는 태웅은 주도적으로 아이디어를 냈다.

'최고의 액션 신이 나오겠군.'

고화영은 태웅의 제안을 듣고 가슴이 설렐 정도였다.

'올드보이'의 장도리 신, '킹스맨'의 성당 총격전 신, '신세계'의 엘리베이터 신과 맞먹는 명장면이 탄생할 것이란 예감이 들었다.

그것은 바로 에스컬레이터 신이었다.

*   *   *

구상파의 카지노가 위치한 엘스워드 빌딩.

펜트하우스라 불리는 최상층은 그 아래층과 하늘과 땅만큼 떨어져 있다.

이런 기이한 구조는 건물 시공 때부터 큰 화제가 되었는데, 펜트하우스의 바로 아래층과는 여덟 개의 기나긴 에스컬레이터로 이어져 있었다.

전설의 록밴드 레드제플린의 곡명을 오마주하여 '8 스테어웨이 투 헤븐'이라 불리는 여덟 개의 에스컬레이터는 엘스워드 빌딩의 명물이다.

바로 이곳에서 태웅이 작곡하고 액션 감독과 고화영이 편곡한 액션 오케스트라가 완성되는 것이다.

"감독님, 이거 한번만 봐주세요. 이렇게 한번 가보면 어떨까 하는데요."

태웅이 그려온 스토리보드를 본 고화영은 머리가 쭈뼛 서는 희열을 느꼈다.

하나부터 열까지 세세한 동선과 액션이 짜여진 에스컬레이터 액션 신!

누아르 역사에 한 획을 그을 또 하나의 명장면이 탄생할 것이란 예감이 들었다.

'이건 대박, 아니, 초대박이야! 어떻게 이런 걸 생각해 내지?'

스턴트맨 출신이라는 말을 처음 들었을 때, 액션 연기를 잘할 것으로만 생각했었다.

하지만 지금은 액션 감독을 쌈 싸 먹을 정도로 놀라운 창의력을 발휘하고 있다.

어디서 이런 보물이 나타났는지 모를 지경이다.

연기력도 예사롭지 않은 데다가, 영화 외적으로도 뭔 행동만 하면 화제가 된다.

시상식에서의 돌출 행동도 크게 이슈가 되었고, 덩달아 영화 홍보까지 됐다.

'김태웅… 이 예쁜 자식. 앞으로 넌 고화영 사단이다. 평생 가자!'

들뜬 감독의 마음을 아는지 모르는지 태웅은 스토리보드를 바라보며 좀 더 버라이어티하고 드라마틱한 액션이 없을지 고심하고 있었다.

그때 갑자기 촬영장이 소란스러워졌다.

사람들이 웅성거리는 소리가 들려오는 방향을 바라본 태웅은 만면에 미소를 지으며 걸어오는 외국인을 보고 깜짝 놀랐다.

"헤이, 노튼! 용케 길 안 잃고 찾아왔구먼."

에릭 카터가 활짝 웃으며 단단한 체격의 외국인을 향해 달려갔다.

스태프들은 물론이거니와, 배우들조차 동경하는 연예인을 보듯 그 외국인을 바라보며 수군거렸다.

태웅 역시 그가 누군지 알고 있었다.

노튼 베어울프!

사람이 접근하기 어려운 위험한 야생으로 떠나는 리얼리티 프로그램 '유스 곤 와일드(Youth Gone Wild)'에 출연하여 대역 없이 혼자서 극한의 험지에서 살아가는 모습을 보여줌으로써 세계적인 스타가 된 인물이다.

영국 특수부대 SAS 출신으로, 훈련 도중 큰 부상을 당하고 은퇴하여 방송인으로 새 삶을 시작하여 성공한 케이스다.

그가 쓴 동명의 책이 한국에 출판된 것을 기념하여 내한했는데, 친분이 있었던 에릭 카터의 소개로 특별히 우상의 촬영장에 방문하게 되었다.

그가 영화의 시나리오를 듣고는 매우 좋아하며 꼭 촬영장을 구경하고 싶다고 매달렸다는 말에 고화영의 입가에는 감출 수 없는 미소가 떠올랐다.

"이렇게 구경 오신 김에 아예 특별 출연도 하시죠?"

고화영은 농담이랍시고 한 말인데, 노튼의 표정이 일변했다.

"그거 아주 멋진 생각이네요! 꼭 출연하고 싶습니다. 지금 당장이요!"

물론 영어로 한 말이기에 대부분의 사람들은 알아듣지 못했지만, 즉시 알아들은 태웅은 절로 웃음이 났다.

전생에서 그를 몇 번 만난 적이 있었다.

친분을 쌓진 않았지만 그가 출연한 프로그램을 보며 가끔 저런 곳에 출연해 보면 어떨까 생각하기도 했었다.

물론 너무 위험하다는 엘런의 만류에 생각이 현실로 이루어지진 않았지만……

동행한 통역사를 통해 그의 말을 알아들은 고화영이 얼떨떨한 표정을 지었다.

"하하, 역시 노튼 씨는 유머 감각이 있으시네요. 방송으로 보던 것처럼 정말 적극적이시고요."

농담으로 치부하는 고화영의 말을 듣는 둥 마는 둥하며 현장을 구경하던 노튼은 갑자기 태웅이 그린 에스컬레이터 신의 콘티에 관심을 보였다.

"이거 당신이 직접 그린 건가?"

"그렇다. 난 스턴트맨 출신 배우다. 이런 아이디어는 많다."

태웅은 통역을 거치지 않고 바로 영어를 술술 입에 담았다.

그 광경에 배우와 스태프들이 모두 놀랐다.

'저 자식, 뭔 영어를 저렇게 잘하지?'

그 모습을 지켜보던 강규환이 혀를 내둘렀다.

나름 교육 수준이 높은 환경에서 태어난 그도 기초적인 영어는 구사할 줄 알았다.

하지만 저건 얼핏 듣기에도 완전 현지인 수준이다.

'저놈은 도대체 못하는 게 뭐야……? 어떻게 저렇게 다 잘할 수가 있지?'

강규환의 의문을 아는지 모르는지 여전히 태웅은 자유롭게 노튼과 대화를 나누고 있었다.

"당신, 영어 정말 잘하는군. 혹시 외국 생활을 했나?"

노튼의 감탄 섞인 말에 태웅은 고개를 저었다.

"아니다. 그냥 독학했다."

"독학? 언어학의 천재라도 되는 건가?"

"칭찬 고맙다. 그런데 당신, 정말 영화에 특별 출연할 건가? 카메오로?"

태웅의 질문에 노튼은 장난기 가득한 미소를 지었다.

"어떻게 할까? 사실 나도 감독 놀려주려고 농담한 건데 못 알아듣는 것 같다. 역시 언어의 장벽이란 높다."

그의 말대로 말이 통해야 농담이고 뭐고 하는 법이다.

태웅은 감독이 그가 장난으로 던진 떡밥에 낚인 것은 아닌지 걱정이 되었다.

아무리 세계적인 유명인이라고 해도 현장에서 무책임한 말을 내뱉지 못하게 할 필요가 있다.

"농담이면 실망이다."

"…왜?"

"당신이 한 말 때문에 여기 사람들 모두 기대를 품고 있다. 처음에야 농담이었겠지만 당신이 출연하고 싶다고 한 이상 이건 이 사람들에겐 약속이자 희망이 된 거다."

"그런가… 내 실수다. 경솔했던 것 같다."

노튼의 표정이 어두워졌다.

그들의 대화를 듣고 있던 에릭 카터는 상황이 이상하게 돌아가는 것을 느끼고 머쓱해졌다.

"이렇게 된 이상 진심으로 출연해 줘야겠다. 그렇지 않으면 당신은 여기 수많은 배우들과 스태프들의 기억에 완전 밉상으로 남을 거다."

"…알았다. 사실 출연하고 싶은 마음도 반 이상이었다. 출연하겠다."

그 말에 태웅은 정말 기뻤지만 내색하지 않았다.

'노튼 베어울프가 영화 우상에 특별 출연한다!'

현장에 있던 사람들이 술렁이기 시작했다.

구상파의 외국인 용병으로 특별 출연하게 된 노튼 베어울프의 일로 조만간 인터넷은 뜨겁게 불타오를 것이다.

이미 국내에서는 그의 프로그램이 대히트를 치고 있었고, 그를 패러디한 프로그램이나 다른 책 따위가 널리 선전이 되고 있었다.

그를 취재하러 따라붙은 방송국 기자들과 카메라맨이 분주하게 움직이는 것으로 보아, 노튼이 우상의 촬영장에 왔었고 특별 출연까지 하게 되는 과정을 제대로 잡아내려는 것 같았다.

"세상에… 정말 노튼이 우리 영화에 출연하는 거야? 우리 정말 대박 나겠는데요?"

유지니가 감탄하여 옆에 있던 강규환에게 말했다.

"이제 촬영장 귀신만 나오면 딱이겠네요. 그것도 김태웅 씨가 등장시켜 주려나?"

빈정대는 것 같았지만 씁쓸한 동경이 담긴 목소리였다.

S# 4
이런 먼치킨이 매니저를 할 리가 없어

거대한 구상파를 상대로 활약하는 주인공 수현의 마지막 싸움.

수현 역을 맡은 오영홍의 액션 신이 불을 뿜었다.

그리 크지 않은 체구였지만 이상하게 그가 액션을 하면 화려함과 비장함이 깃들었다.

마치 예전 홍콩 영화의 전성시대를 연상시키는 클래식한 느낌이 있었다.

태웅이 기획한 마지막 에스컬레이터 액션 신은 기나긴 에스컬레이터 여덟 개를 넘나들면서 벌이는 처절한 싸움이었다.

풍부한 연기 경험을 가진 오영홍이 단도를 들고 이리 쑤시고 저리 쑤시며 수십 명의 구상파 조직원들을 쓰러뜨리는 액션 연기를 완벽하게 소화해냈다.

모두가 숨을 죽이며 지켜보는 가운데, 마침내 에스컬레이터 최상부에 도착한 그는 마지막으로 남아 떨고 있는 구상파 막내 조직원에게 가라고 고갯짓을 한다.

                    *   *   *

"컷! 오케이! 모두 박수 한번 줘!"

기나긴 롱테이크 신을 훌륭히 소화한 오영홍에게 스태프와 배우들이 한목소리로 환호했다.

태웅 역시 그에게 진심으로 박수를 보냈다.

남에게 주기 아까운 액션 신이었지만, 어쨌든 이 영화의 주인공은 오영홍이었다.

마지막에 그를 돋보이게 해줌으로써 영화의 대단원을 멋지게 장식하는 것이다.

"고맙습니다. 다들 수고하셨습니다!"

여기저기 고개를 숙이며 공을 치하한 오영홍은 태웅에게 다가와 손을 잡고 흔들었다.

"이렇게 죽이는 신을 날 줘도 되는 거야? 어쨌든 고마워!"

태웅은 씨익 웃으며 말했다.

"다음번에는 제가 직접 할 거예요. 다음 영화부터는 주인공 할 거거든요."

"하하하. 그럼! 내가 보증하는데 태웅이는 최고의 배우가 될 수 있어. 이거 속편에서는 꼭 주연 맡으라고."

둘의 대화를 듣던 강규환이 투덜거리듯 입을 열었다.

"나는 제쳐두는 거예요? 나도 후보자라고요."

"물론 규환이도 최고의 배우지. 가만 있자… 그럼 둘이 투 톱을 하면 되겠네. 그럼 간단하잖아?"

그의 얘기를 듣던 고화영이 어이없다는 듯 끼어들었다.

"이봐, 오영홍 씨. 감독은 나야. 왜 니가 캐스팅을 해?"

"에이~ 감독님이라고 꼭 속편 연출을 할 수 있다는 건 아니죠. 우상 대박 나면 감독님도 오디션 보셔야 할 수도 있어요."

"뭐? 이 친구도 참. 하하하."

가장 까다롭고도 어려웠던 촬영을 마치고 나니 사기는 더 할 나위 없이 올라갔다.

이제 펜트하우스에서의 촬영만 마치면, 영화의 중요 신은 거의 다 촬영하는 것이다.

신 140.

뒤늦게 에스컬레이터에 도착한 휘빈과 연희.

두 사람은 쓰러진 구상파 직원들 사이를 헤치고 펜트하우스 앞에 도달한다.

들어가기 전, 연희는 망설이는 휘빈의 손을 잡아끌며 그에게 입을 맞춘다.

애정이 담겨 있다기보다는 용기를 주는 키스다.

"준비들 됐지? 그럼 간다."

감독의 말에 태웅과 유지니는 에스컬레이터 앞에 나란히 섰다.

아래에서 올라오는 장면은 찍었고, 이제 최상층에서 펜트하우스 문 앞까지 가서 키스를 하는 장면을 찍는 것이다.

"나 키스신 엄청 오랜만인데. 잘할 수 있을까요?"

옆에서 유지니가 낮게 속삭였다.

'그걸 왜 나한테 물어봐?'

태웅은 그녀를 힐끗 보았다.

걸 크러시 이미지로 널리 알려진 그녀도 유독 긴장하고 있는 것 같았다.

'역시 연예인들은 얘기만 들어선 모른다니까… 떨고 있잖아?'

겉으로 포장된 이미지와 달리 그녀 역시도 한 사람의 여자에 불과했던 것이다.

그는 따뜻한 목소리로 그녀에게 말했다.

"그럼요. 제 입술에 꿀 발라놨으니까 맛있는 거 먹는다고 생각하세요."

'아차차, 말이 좀 과했나?'

하지만 태웅의 우려와 달리 그녀는 그만 빵 터져 버렸다.

"왜 그래? 지니 씨. 무슨 문제 있어?"

"별일 아니에요. 죄송해요!"

너무 웃느라 얼굴이 새빨개진 그녀가 태웅의 어깨를 주먹으로 쳤다.

'으윽! 왜 이렇게 펀치가 세?'

"뭐예요, 진짜! 사람 이렇게 빵 터뜨릴 거예요?"

하지만 덕분에 그녀는 긴장이 풀린 듯, 더 이상 떨지 않았다.

굳은 표정도 한결 자연스러워졌고, 눈빛이 안정된 것이 보인다.

"3, 2, 1… 레디, 액션!"

사인이 떨어지자 두 사람은 나란히 펜트하우스의 입구로 걸어갔다.

카메라가 등 뒤에서 두 사람의 뒷모습을 천천히 다가가며 찍었다.

마침내 문 앞에 멈춰 선 두 사람.

"지금 들어가면 나… 살아남을 수 있을까요?"

그의 말에 그녀가 고개를 돌렸다.

"당신의 우상이 저 안에 있는데, 안 보고 싶어요?"

"보고 싶어요."

흥분과 두려움이 뒤범벅된 표정의 태웅을 바라보며 유지니가 서서히 다가간다.

그녀의 눈빛은 더 이상 흔들리지 않았다.

부드러운 입술이 닿자, 태웅은 몸을 살짝 떨며 눈을 감았다.

아찔한 시간이 지나가고 유지니가 몸을 떼며 연희의 대사를 말했다.

"그럼 살아남는 건 나중에 생각해요. 그래도 충분하니까."

"오케이! 아주 좋아!"

단 한 번의 NG도 없는 완벽한 연기와 촬영!

지난번과 비교해 보면 너무 일찍 끝나 버린 키스신이었다.

'이번엔 입술 부르틀 일은 없었군.'

그는 안도의 한숨을 쉬었다.

간혹 키스신을 정말 즐기는 배우들도 있다.

배우도 사람이다 보니 흥분하기도 하고, 그러다가 상대 배우와 불꽃이 튀기도 한다.

하지만 그에게 있어 키스신은 그저 연기일 뿐이었다.

유지니 역시 그를 물끄러미 바라보다가 마주 한숨을 쉬었다.

이 여자는 또 왜 이래?

"정말 연기 멋졌어요. 아까 떤 거 엄살 아니에요?"

태웅의 말에 유지니가 고개를 저었다.

"지금도 떨리는데 무슨… 근데 한 번에 끝난 건 좀 아쉽다……."

"네?"

"나진영은 NG 계속 냈다면서요? 아는 사람은 다 알아요. 후훗."

아무래도 드라마 마지막 회 촬영에서 나진영이 한 짓이 소문이 나긴 한 모양이다.

하긴 그렇게 티 나게 하는데 뒷말이 안 나는 것도 이상하지.

"근데, 그럴 만하다."

"무슨 말이에요?"

"태웅 씨 입술이요. 느낌이 그냥… 에이, 아니다. 못 들은 걸로 해요!"

그녀는 여전히 붉게 달아오른 얼굴로 어깨를 한 번 으쓱하
곤, 몸을 돌려 자기 매니저에게로 향했다.

뻘쭘해하는 티를 대놓고 낸다.

'기술도 안 들어갔는데 저러면 곤란한데······.'

혹여 그녀가 자신에게 빠져서 정신을 못 차릴까 내심 걱정
이 되는 태웅이었다.

          *   *   *

신 141.

치열한 싸움 때문에 힘을 소진한 수현은 진구에게 칼을 맞
게 되고, 그를 제압한 진구는 구상파 회장 조만출을 자신의
손으로 처치한다.

이 기회를 통해 구상파의 정점에 올라서려는 진구.

휘빈과 연희의 도움을 받은 수현은 진구의 빈틈을 노려 마
침내 그를 처치하는 데 성공한다.

수현 역의 오영홍과 진구 역의 강규환.

두 사람이 혼신의 힘을 쏟은 펜트하우스 격투신은 그야말
로 장관이었다.

오영홍은 그동안 보여준 연기가 다가 아니었다는 듯, 할리우드 톱배우 뺨치는 처절한 연기를 펼쳤다.

강규환 역시 마찬가지.

첫 단추를 잘못 꿰어 고생하긴 했지만, 그 역시 유종의 미를 거두려는 듯 모든 것을 내던졌다.

그들 못지않게 돋보이는 건 바로 태웅이었다.

위기의 순간 진구의 등에 칼을 꽂음으로써 수현의 승리에 결정적인 역할을 하는 휘빈의 연기를 노련하게 소화해 냈다.

신인 배우의 패기와 중견 배우의 노련함이 모두 느껴지는 그의 연기에 지켜보던 사람들은 혀를 내둘렀다.

마침내 구상파를 궤멸시킨 수현은 언제나처럼 뒤늦게 출동한 경찰을 피해 떠난다.

그의 뒷모습을 멍하니 바라보는 휘빈과 연희를 비추며 카메라는 서서히 멀어진다.

이후의 에필로그가 이어지지만, 실질적으로 영화의 라스트 신이라고 할 수 있다.

"오케이! 커어어엇!"

오케이 사인이 떨어짐과 동시에 마침내 우상의 촬영은 성공적으로 마무리되었다.

"그래서 노튼 베어울프, 그 사람은 언제 출연했는데?"

"에스컬레이터에서 싸우다 죽은 조직원 중 한 사람."

실버문 사무실 소파에서 벌떡 일어난 윤철이 어처구니가 없다는 듯 말했다.

"정말? 그렇게 비중이 없이 나왔단 말이야?"

"어쩔 수 없었지. 그날 바로 촬영을 했으니 오래 합을 맞춰야 하는 역을 줄 수도 없고."

노튼의 특별 출연은 큰 화제가 될 터였다.

세계적인 방송인인 그가 우상의 촬영장에 놀러왔다가 카메오까지 했다는 사실은 충분한 기삿거리가 될 것이다.

"어쨌든 축하해. 이런 날 혼자 보냈다니 미안해 죽겠네."

"와봤자 뭐 있나. 그런데 홍구는 어떻게 됐어?"

"오디션이 한 번으로 끝나는 게 아니라 몇 번 더 있대. 그래서 이태원 갔다."

"이태원?"

"성소수자들의 문화를 탐방해 본다나? 뭐, 그런 거지."

윤철은 소파 맞은편에 앉아 있는 고서윤을 보며 악수를 청했다.

"반가워요. 나 실버문 엔터테인먼트 대표 정윤철이에요."

"고서윤입니다. 만나뵙게 되어 영광입니다."

"뭘 영광까지야… 하하."

말은 그렇게 하지만 은근히 기분 좋은 것 같았다.

"근데 여기까지 운전도 했다면서요?"

"네. 어차피 매니저에 지원했으니, 바로 제 능력을 보여 드릴 기회라고 생각했습니다."

촬영이 끝난 후, 실버문 사무실로 면접을 보러올 때 그는 대뜸 운전석에 앉아서 키를 달라고 했다.

황당한 태웅이 자기가 운전하겠다고 했으나, 그는 묵묵히 손을 내밀 뿐이었다.

자신을 어딘가로 납치하는 건 아닌가 하고 긴장했지만, 그는 내비게이션을 따라 충실히 운전을 하여 실버문 사무실에 도착했다.

만약 다른 길로 새거나 했으면 차가 멈췄을 때 바로 뒷목을 때려 기절시켜 버렸을 것이다.

자신이 스티븐 시걸이 되지 않은 것을 다행이라고 생각하며 태웅은 그를 윤철 앞으로 데리고 갔다.

"자, 솔직해집시다. 우리 사무실 보니까 어때요?"

윤철의 질문에 고서윤은 망설임 없이 대답했다.

"예상보다 작았습니다. 하지만 1인 기획사라는 얘기를 들으니 적당한 크기로 여겨집니다."

속내를 파악할 수 없는 대답이었다.

작아서 별로라는 건지, 1인 기획사에 대해선 어떻게 생각하는지 말에서 유추를 하기 어렵다.

"매니저 해본 적 없다 그랬죠?"

"네."

"이거, 엄청 힘들어요. 돈도 안 되고, 잠도 잘 못 자고. 무시도 많이 당할 거예요. 그거 알고 있어요?"

"그렇다고 들었습니다."

"그런데 왜 하고 싶은데? 꼭 해야 할 이유가 있어요?"

다소 거칠다고도 할 수 있는 질문이었다.

하지만 그렇게 해야 할 필요가 있다.

로드매니저라는 게 밥 먹듯 사람이 갈리는 직종이다.

대개 오래 못 버티고 관둬 버리기 때문이다.

"톱매니저가 되고 싶습니다."

"톱매니저?"

"톱스타, 톱배우, 톱가수가 있듯 톱매니저도 있다고 생각합니다. 누군가를 뒤에서 서포트하며 얻을 수 있는 기쁨을 맛보고 싶습니다."

"흐음······."

평이한 대답이다.

사실 이것보다 더 재밌는 이유를 댄 사람도 많았다.

하지만 뭐, 그런 걸 가지고 판단 기준을 삼을 수는 없는 노릇이니까.

윤철은 살짝 실망한 기색이었지만 고개를 끄덕인 후 고서윤이 제출한 이력서를 읽었다.

"어디 보자… 대학도 서울 4년제… 어라? 명문대잖아?"

이름만 들어도 알 만한 대학교 출신에다가 영어, 일본어, 중국어, 스페인어, 에스페란토어까지 할 수 있다.

군대는 특전사를 나왔고, 특공 무술 유단자이기까지 하다.

아까 겪어본 바로는 운전 솜씨 또한 나무랄 데가 없었다.

"이거 좀 과분한 스펙인데? 여기가 첫 직장이에요?"

"그렇습니다."

망설임 없이 대답하는 그의 모습에 윤철은 뭔가를 생각하는 듯 말이 없었다.

'왜 저래? 현실감이 없나?'

좋은 스펙을 가진 지원자들이 없었던 것은 아니지만 이건 좀 과하다 싶었다.

"음, 일단 기본급은 월 백오십 정도예요. 4대 보험 적용해 줄 거고, 식대와 교통비는 회사 카드로 긁으면 됩니다. 야근 수당이나 주말 수당은 따로 계산 안 하고 그냥 한 달에 일괄로 쳐서 삼십만 원씩. 퇴직금은 별도. 휴가는 따로 없고 담당

연예인이 쉴 때 같이 쉬면 됩니다. 괜찮겠어요?"

단숨에 근무 조건을 말해 버린 걸로 봐서는 놓치지 않고 싶은 것 같았다.

사실 초짜 매니저에게는 꽤 좋은 조건이다.

이것보다 훨씬 박한 대우를 받는 매니저가 대부분이리라.

"좋습니다. 일은 언제부터 시작하나요?"

너무 쉽게 승낙해 버려서인지 오히려 윤철이 얼떨떨한 기색이었다.

"일단 필요 서류 가져 오고 해야 하니까… 모레부터 하죠. 첫날이니 사무실에 아홉 시까지 오면 돼요."

"알겠습니다. 늦지 않게 오겠습니다."

＊　　　　＊　　　　＊

벌써 끝난 건가?

너무 빨리 끝난 면접에 태웅도 어리둥절했다.

정말 할 말만 딱 하는 성격의 매니저였다.

딱히 서로 더 얘기를 나눌 만한 분위기가 아니었기에, 윤철은 헛기침을 하며 입을 열었다.

"그럼 저녁이나 같이 먹을까요? 시간도 많이 늦었는데."

"알겠습니다. 벌써 시간이 이렇게 됐네요."

"그래요. 뭐 좋아해요?"

"아무거나 다 잘 먹습니다. 대표님이나 태웅 님이 좋아하는 걸로 하시죠."

"태웅 님은 무슨… 그냥 형이라고 불러요."

태웅은 닭살이 도는지 진저리를 치며 말했다.

그것을 본 윤철이 피식 웃었다.

이력서 나이로 봐서는 고서윤이 한 살 형이다.

그런데 대뜸 형이라고 부르라고 하다니……

하지만 태웅도 할 말은 있다.

전생에서의 나이까지 따지면 훨씬 형뻘이 맞긴 하다.

[새로운 로드매니저를 구했습니다.]

[미션 달성 보상으로 60의 라이프 포인트가 주어집니다.]

[연계 미션: 전속 코디를 구하세요.]

미션 달성으로 다시 두 달의 시간을 추가로 얻었다.

현재 라이프 포인트는 240이니, 영화 우상의 후반 작업과 개봉까지 안심하고 지낼 수 있을 터였다.

포인트에 여유가 생기자 그는 오랜만에 시스템 창을 열어 자신의 상태를 살폈다.

〈스킬〉

—미친 습득력

—미친 암기력

—미친 지구력

—매의 눈

〈외모 커스터마이징〉

—전성기 외모 30%

—외모 특성: 조각 같은 턱선

〈직업 능력〉

—일식조리사 80%

—음악 프로듀서 50%

앞으로 별다른 문제가 없는 한, 굳이 상점에서 포인트를 소모하여 능력을 업그레이드할 필요는 없을 것 같았다.

물론 지난번처럼 칠상파가 갑자기 시비를 걸기라도 한다면 어쩔 수 없이 써야 할 일도 있을 테지만 말이다.

'근데 또 새 미션이 생겼네. 무슨 인재 영입 게임도 아니고 이번에는 코디야?'

사실 전속 코디가 필요하긴 하다.

나름 뛰어난 패션 감각을 가졌다고 자부하는 그였지만, 매사 일일이 의상을 구하고 챙기는 것도 만만찮은 일이었다.

드라마나 영화 같은 건 자체 의상이 제공되지만, 앞으로 다양한 분야에서 스케줄을 소화하기 위해서는 의상 담당할 사람을 갖추는 건 필수다.

'코디 구하는 거야 어렵지 않지.'

윤철에게 말하면 아마 금방 뽑을 수 있을 것이다.

물론 능력 있고 믿을 만한 사람을 구할 수 있는지는 별개의 문제지만.

새 매니저 고서윤이 사무실을 눈으로 슥 훑더니 갑자기 벌떡 일어났다.

"일단 저기 싱크대가 좀 지저분하네요. 설거지 좀 하겠습니다."

사무실 한편에 파티션으로 분류해 놓은 싱크대 개수대에 그릇과 젓가락 따위가 쌓여 있었다.

여기서 거의 살다시피 하는 윤철이기에 아예 식기를 갖다 놓은 것인데, 워낙 바쁘다 보니 설거지를 늘 쌓아놓고 하는 편이었다.

"아니, 그런 거 안 해도 되는데⋯⋯."

"괜찮습니다. 편히 쉬십시오."

고서윤은 고무장갑도 안 낀 채 즉시 물을 틀어 설거지를 하기 시작했다.

아직 아침저녁으로 쌀쌀한 초봄이다.

찬물로 설거지를 하는데도 표정 하나 변하지 않았다.

'대체 이건 어디서 뭐 하다 나타난 A급이야?'

태웅이 혀를 내두르고 있는데 갑자기 사무실 문이 벌컥 열렸다.

"김태웅!"

수염을 덥수룩하게 길러 산적 같은 행색의 홍구가 들어오며 큰소리를 쳤다.

"이 자식! 촬영을 다 했다면서 이 형님한테 안부 인사도 안해? 가만 두지 않겠어!"

또 시작이다.

뭔가 한 건 했다 하면 저렇게 오버를 하면서 들어오는 버릇이.

그때 태웅은 깜짝 놀랄 만한 광경을 보았다.

설거지를 하고 있던 고서윤의 손에서 뭔가가 번쩍하며 빛났다.

푸욱!

홍구는 눈을 부릅뜬 채 입만 뻐끔거리고 있을 뿐이었고 태웅과 윤철 역시 눈이 휘둥그레졌다.

그의 손이 한 번 움직였을 뿐인데, 쇠 젓가락이 홍구의 몸 옆 벽에 꽂혀 있다.

"사무실에 바퀴벌레가 있네요."

고서윤의 싸늘한 목소리에 홍구는 고개를 돌려 벽에 박힌 젓가락을 바라보곤 기겁을 했다.

"히이이이이익!"

오두방정을 떨다가 다리에 힘이 풀리는지 털썩 주저앉아 버리기까지 한다.

'우와, 이거 실화냐?'

태웅은 벽에 박힌 젓가락을 확인해 보곤 혀를 내둘렀다.

특전사 출신이라더니, 이런 것도 할 줄 아는 걸까?

손가락으로 슬쩍 집어 당겨보았는데 잘 빠지지도 않는 걸 보니 어지간히 깊게도 박혔다.

게다가 그의 말대로, 젓가락 가운데는 마치 못 박힌 곤충처럼 두툼한 크기의 바퀴벌레가 꿰뚫려 있었다.

"고서윤 씨, 이게 무슨 짓이야? 누구 죽일 셈이야?"

그 말에 고서윤이 고개를 꾸벅 숙였다.

"놀라셨다면 죄송합니다. 청결한 사무실을 유지하고 싶어 부득이하게 손을 썼습니다."

"그럴 거면 세X코에 취직하지 여긴 왜 왔어?"

한 소리 듣는 와중에도 그는 홍구에 대한 경계의 눈초리를 거두지 않는다.

이거 아무래도 고의지?

여전히 엉덩방아를 찧은 채 멍청하게 있는 홍구를 보며 태웅은 한숨을 쉬었다.

"일단 소개부터 할게. 얘는 우리 사무실 소속 제3호 연예인이자 전 로드매니저 박홍구야."

"앗. 그렇습니까? 제가 큰 실례를 했네요."

고서윤은 뚜벅뚜벅 걸어가더니 홍구 앞에 멈춰 섰다.

"히이이이익!"

마치 귀신을 보듯 홍구가 뒤로 기어갔다.

"갑자기 들이닥치셔서 괴한으로 오해했습니다. 정말 죄송합니다."

얘 누구냐는 듯 자신을 바라보는 홍구의 시선을 외면한 태웅이 그의 어깨를 두드렸다.

"뭐 그럴 수 있어. 워낙 생긴 거랑 행동이 그러니까. 암튼 얼굴을 익혀두도록 해."

"태웅 님의 새 로드매니저를 맡게 된 고서윤이라고 합니다. 잘 부탁드립니다."

"끄으응……."

다시 정중히 고개를 숙이는 그를 보며 홍구는 김빠진 콜라병 같은 소리를 냈다.

"그리고 바퀴벌레는… 업체 부를 테니까 부디 그렇게 잡지 말아줄래? 젓가락 못 쓰게 됐잖아."

"명심하겠습니다. 젓가락은 제가 책임지고 새로 사놓겠습니다."

그 말을 하는 순간에도 그는 아무런 일도 없었다는 듯 태연하기만 했다.

철두철미하면서 감정 기복이 거의 없는 기계가 연상된다.

'이런 알파고 같은 자식……'

그날부터 새로운 로드매니저, 고서윤은 '알파고'라는 별명을 얻었다.

*   *   *

우상의 후반 작업이 진행되는 동안 태웅은 할 일이 생겼다.

지난번 제작 발표회에서 한바탕 소란을 피운 후, 한국방송공사의 공익광고를 찍게 된 것이다.

그때 자신을 향해 계속해서 깐죽대는 우완태 기자를 향해 우상의 천만 관객 달성 내기를 했었다.

천만 관객을 달성하지 못하면 태웅은 누드 화보집 촬영 후 수익금 전액 기부!

달성하면 우완태 기자는 태웅과 함께 사랑의 연탄 나눔 봉사를 하는 내기였다.

그때 내건 조건이 화제가 된 때문인지, 가정의 달을 맞아 불우한 지경에 처한 아이들을 돕는 불우아동후원모금 광고

제의가 들어온 것이다.

윤철은 두말할 것 없이 승낙하자고 했고 태웅도 동의했다.

공익광고에 출연하여 좋은 이미지를 쌓음과 동시에 정말로 어려운 아이들에게 도움을 줄 수 있는 기회가 되기 때문이었다.

그리고 공익광고도 아무나 찍는 것이 아니다.

한창 떠오르는 스타인 데다가, 나름 긍정적인 이미지를 쌓고 있어야 제의가 들어온다.

"당연히 출연료는 무료, 거기다 더해서 기부까지 하기로 하자."

"물론이지. 우상의 출연료도 입금됐으니 좀 많이 해도 상관없어."

특히 태웅의 마음을 움직인 것은 바로 자기 자신이 불우아동이었기 때문이다.

전생에서 그는 지옥 같은 할렘가에서 나고 자랐다.

생부는 영국계 미국인으로 일찌감치 어머니와 이혼했기에 본 적이 없다.

새로 생긴 계부는 틈만 나면 그를 구타하고 욕을 퍼부으며 괴롭혔다.

비슷한 처지의 엘런과 몇몇 유색인종 친구들과 어울리며 그는 방황했었다.

어느 날, 세차 알바를 해서 번 돈으로 뭘 할까 고민하던 그는 엘런과 함께 근처의 영화관으로 향했다.

다 쓰러져 가는 허름한 영화관인 데다가 관객도 없어 파리 날리고 있는 곳.

하지만 그곳에서 본 영화가 아니었다면 그는 커서도 할렘가의 양아치 혹은 마약중독자에 머물렀을 것이다.

스크린에 펼쳐지는 중후하고 카리스마 있는 배우들의 연기.

손에 땀을 쥐게 하는 스펙타클한 액션과 등장인물들 사이의 치열한 갈등과 음모.

남자들끼리 나누는 진한 우정과 동료애.

그리고 애틋하게 가슴을 적시는 사랑까지.

스크린에는 세상에 존재하는 모든 아름다움이 있었다.

하루하루 지옥 같은 삶을 살아가는 이들에게 더 나은 미래를 꿈꾸게 하는 힘이 있었다.

영화의 세례를 받은 그의 마음속에 하나의 꿈이 자리 잡았다.

그리고 그 꿈은 나날이 커져갔다.

그렇게 시궁창의 밑바닥 인생 라이더 베스는 할리우드 최고의 슈퍼스타가 되었다.

'그래, 한국에서도 받은 걸 돌려줘야지.'

전생만큼 부자가 아니기에 몸으로 때울 수밖에 없었다.

*   *   *

학대받은 아이들을 위한 아동 보호소에서 운영하는 대안 학교에 일일 선생으로 참가한 태웅은 직접 아이들을 상대로 연기 수업을 펼쳤다.

익살스러운 표정과 몸짓으로 아이들에게 연기란 무엇인가에 대해 몸으로 가르쳐줬다.

나쁜 기억과 경험으로 상처받은 아이들이지만, 재미있는 일 앞에서는 그늘에서 벗어나 너무나도 밝은 모습을 보여줬다.

"선생님 친구도 어렸을 때 힘든 일을 많이 당했거든. 그런데 그걸 딛고 세계적인 배우가 됐어."

"선생님 친구가 누군데요?"

초롱초롱한 눈을 빛내는 아이들의 질문에 그는 가슴을 활짝 펴고 말했다.

"라이더 베스! 지금은 하늘나라로 간 세계적인 슈퍼스타가 선생님 친구란다."

"에이, 거짓말. 선생님은 그냥 황갈이잖아요."

"맞아! 순 엉터리!"

여기저기서 아이들의 야유가 빗발쳤다.

'으음… 어린것들이 만만치 않군.'

하지만 그는 물러서지 않았다.

"정말이야. 선생님이 얼마나 영어를 잘하는데. 그래서 외국인 친구가 많단 말이다."

그는 즉시 유창한 영어를 늘어놓았고, 처음에 믿지 않던 아이들도 그의 현란한 말발에 점점 넘어가기 시작했다.

"그러니까 우리 친구들도 오늘부터 꿈을 하나씩 갖기로 하자. 선생님하고 약속!"

"약속!"

아이들을 능수능란하게 다루는 태웅의 모습에 대안 학교의 교사들은 혀를 내둘렀다.

교장까지도 감동을 받은 듯 수업을 마친 태웅의 손을 꼭 잡고 눈물이 글썽글썽한 눈으로 말했다.

"어쩜 그렇게 아이들을 좋아하고 잘 다루시나요? 나중에 우리 학교 선생님으로 초빙해야겠네요!"

"과찬이십니다. 하하하."

하루 스케줄을 빼 찍은 태웅의 공익광고는 잔잔한 파문을 불러 일으켰다.

태웅이 연기 수업으로 상처받은 아이들의 마음을 어루만지는 모습은 시청자들의 눈시울을 자아내기에 충분했기 때문이다.

　　　　*　　　　*　　　　*

"아주 작품이네, 작품. 이런 고퀄의 공익광고는 처음 봐."

태선은 TV에서 흘러나오는 태웅의 공익광고를 보고 연신 감탄했다.

감수성이 풍부한 그녀는 적지 않게 감동한 듯 눈시울이 붉어져 있었다.

"그렇게 울 정도야? 앞으로 울 일은 많다."

"무슨 일?"

"나 대박 나면 좋은 집으로 이사도 가고, 근사한 차도 뽑고 해야지."

"치, 말이 쉽지. 이번 영화가 그렇게 대박 날 것 같아?"

"그럼! 말이 필요 없지."

그는 천만 관객을 자신하고 있었다.

우상의 기본 출연료로 그가 지급 받은 돈은 1억.

거기다 최수빈은 특별히 프로덕션 대표에게 입김을 넣어 그에게 러닝개런티까지 추가 조항으로 넣어주었다.

천만 관객을 달성한다면 추가로 10억 정도는 가뿐하게 벌 수 있을 것이고, 그렇다면 서울에서 괜찮은 아파트 정도는 구입할 수 있다.

"참, 오빠 요즘 코디 구한다며?"

"응, 왜?"

"그거 내가 해볼까?"

"니가?"

연예인 코디는 감각만으로 되는 것이 아니다.

의상실도 많이 알아야 하고, 협찬을 받아 오는 수완도 있어야 한다.

나름 특이하고 개성적인 옷을 입고 다니는 그녀였지만 연예인의 명품 브랜드를 입어본 경험은 거의 전무했다.

당연하다.

돈이 없었으니까.

그래서 그녀가 코디 일을 잘할 수 있을지에 대해선 확신할 수 없었다.

"그거 쉬운 거 아닌데, 정말 하고 싶어?"

사실 태웅으로서는 하나뿐인 동생을 근처에 두고 있는 게 맘 편하긴 했다.

최근 잦은 촬영으로 밤늦게 들어오는 일이 많아서 혼자 있을 그녀 생각에 걱정이 많이 됐었다.

"응! 취업 안 돼서 이러는 거 아니고, 그냥 해보고 싶어. 재밌을 것 같아."

그녀의 눈빛이 초롱초롱 빛나는 것이 그냥 하는 말은 아닌 것 같았다.

비싸고 좋은 옷을 많이 접할 수 있고 경력을 쌓은 후 나중에 의상실을 차릴 수도 있으리라.

"그래, 너가 이제부터 내 코디 해라. 그럼 잘 부탁합니다. 김 코디."

그의 말에 태선이 함박웃음을 지었다.

기쁨을 주체할 수 없는 미소였다.

'자식… 하고 싶었으면 진작 말하지.'

그녀의 밝은 미소를 보니 태웅도 자연스레 웃음이 났다.

*　　　　*　　　　*

태선은 의욕적으로 태웅의 코디로서 근무를 시작했다.

마지막 학기였기에 아예 취업계를 내버리고 일에 전념하기 시작한 것이다.

"그래도 졸업식은 꼭 가라. 같이 학사모 쓰고 사진 안 찍으면 죽일 거야."

"쳇, 뭐야. 유치하게 무슨 졸업식을 가……."

"안 가면 코디 안 시켜줄 거야. 알아서 취업하시든가."

이미 학교는 안중에도 없는 동생의 마음을 눈치챈 태웅은 아예 졸업식만큼은 꼭 참석하라고 못을 박았다.

동생의 학사모 쓴 졸업 사진을 돌아가신 부모님께 꼭 보여 드리고 싶었기 때문이다.

[미션: 코디를 영입하는 데 성공하였습니다.]
[미션 달성 보상으로 30의 라이프 포인트가 주어집니다.]

이제 보유하고 있는 라이프 포인트는 240이 되었다.

슬슬 포인트를 이용해 능력 하나를 업그레이드해도 좋겠다는 생각이 든다.

메뉴창을 소환해 보니 구입 제한이 해제되어 있는 능력들 몇 개가 눈에 띄었다.

'지난번에는 꽤나 위험했었지. 그때마다 포인트를 쓸 수도 없으니…….'

갑작스레 칠상파의 조직원들에 둘러싸여 곤경에 처할 뻔했었다.

전생에서 맡았던 배역의 능력을 1시간 동안 쓸 수 있는 '클리어 배역 1회 사용권'은 포인트를 너무 많이 쓰게 될 뿐 아니라 1회용이라는 제한이 있어서 효율적이지 않다.

그는 새롭게 열린 능력 중 '미친 운동신경'의 업그레이드 기능에 시선이 갔다.

최초 미션을 클리어한 대가로 얻게 된 미친 습득력.

맡은 배역의 능력을 누구보다 빠른 속도로 익힐 수 있는 능력이다.

하지만 어디까지나 맡은 배역의 직업과 관련된 능력이라는 제한이 있었다.

영화를 단번에 수십 개 찍을 수 있는 것도 아니니만큼, 업그레이드가 필요하긴 하다.

〈미친 운동신경〉

야생동물과도 같은 운동신경을 발휘할 수 있습니다. 기본적인 신체 능력이 향상되고 스포츠나 격투기를 익히기 좋은 몸이 됩니다.

라이프 포인트를 무려 70이나 소모하긴 하지만, 한 번 익혀 두면 굉장히 유용한 능력이 될 것이다.

'크흑. 내 피 같은 70일…….'

눈물을 머금고 업그레이드 버튼을 누르자, 눈앞이 번쩍하며 다시 시스템의 메시지가 들렸다.

[스킬: 미친 운동신경을 구입하였습니다.]
[새로운 스킬 〈미친 설득력〉 기능이 구입 가능합니다.]

'이건 또 뭐야?'

새롭게 구매 가능해진 능력을 확인해 본 그는 또다시 포인트를 쓰고 싶은 충동을 느끼고 재빨리 메뉴창을 닫아버렸다.

'휴… 큰일 날 뻔했네. 앞으로 한동안 자제하자.'

*　　　　　*　　　　　*

태선은 열심히 패션 공부를 하면서 이름난 의상실에 찾아가 명함을 돌리고 적극적인 영업을 하기 시작했다.

동생에게 이러한 면모가 있는지 몰랐던 태웅은 다소 얼떨떨했지만, 그래도 뭔가에 푹 빠진 모습을 보니 기특하다는 생각도 들었다.

"여동생분께서 대단히 의욕이 충만하신 것 같습니다만."

고서윤이 청담동 의상실에 다녀온 태선에 대해 말했다.

이 알파고 같은 자식.

다음 말로 입에서 삑삑하는 기계음 소리를 낼 것 같다.

"원래 똑똑한 애니까 뭐든 시키면 잘할 거야. 그런데… 사무실이 왜 이래?"

처음 사무실에 들어온 순간, 태웅은 확 달라진 광경에 넋을 잃고 말았다.

온갖 잡동사니들이 곳곳에 널려 있고 먼지가 풀풀 날리던 사무실이 모델하우스처럼 깔끔하게 변모해 있었다.

폐병을 유발할 것 같았던 먼지들이 말끔히 사라져서 얼굴까지 비치는 가구들.

용도에 따라 완벽하게 분리된 기자재들과 서류, 명함들.

냉장고 안에는 음료수와 먹거리들이 각을 맞춰 늘어서 있었고, 얼룩덜룩했던 바닥은 미싱이라도 한 듯 광택까지 뿜어져 나왔다.

심지어는 쭈글쭈글하던 소파의 주름까지 사라져 있다.

"업체라도 부른 거야?"

"제가 했습니다. 건강하게 활동하시려면 좋은 환경에서 머무셔야 하니까요. 환기도 시켜서 쾌적하실 겁니다."

창틀과 유리창조차도 먼지 하나 없이 말끔하다.

안개 낀 것처럼 뿌옇던 창문 유리는 마치 아무것도 없는 것처럼 투명하게 보일 정도다.

가습기에서 뽀글뽀글 올라오는 연기가 실내의 습도를 적절하게 유지시켜 주고 있었다.

"코디분께서 의상을 구해오시는 대로 사무실에 옷방을 세팅할까 합니다. 일단 저기 다용도실을 조금 개조할까 하는데 대표님 오시면 말씀드리겠습니다."

"그, 그래."

"쓸 만한 옷장을 몇 개 구입하고, 지금 있는 캐비닛은 폐기

하거나 장소를 옮길 겁니다. 옷장은 편백나무나 자작나무가 친환경이라 좋은데 괜찮으실까요?"

"…좋을 대로."

알아서 척척 해내는 매니저를 보다 보니 뭔가 이상한 기분이다.

잠시 후, 윤철이 들어왔고 그 역시 얼떨떨한 상태가 되었다.

"이따 잡지사 인터뷰 가시죠? 제가 미리 차 점검 좀 받고 오겠습니다. 저번에 듣기론 엔진오일 갈 때가 된 것 같아서요. 타이어 공기압 체크도 해야 하고요."

"으, 응. 갔다 와."

윤철은 그를 보내고 난 후 입을 열었다.

"쟤 뭐냐? 무슨 매니저 사관학교 같은 데 나온 거 아니냐?"

"그런 것도 있어?"

"말이 그렇다는 거지. 근데 아까 프리존필름에서 전화 왔다. 후반 작업 슬슬 마무리될 거고, 배급도 잡힐 거래."

"순조롭구먼."

"순조롭긴. 슬쩍 들었는데 칠상파와 관련 있는 몇몇 곳에서 음해를 한 모양인지 배급사 잡는 데 좀 피곤했던 모양이야."

"태클이 들어왔다고? 우상 정도의 영화가?"

인지도 있는 배우들이 출연하는 데다가 영화 자체의 화제성도 상당하다.

게다가 영화 외적으로도 태웅이 계속 이슈를 터뜨리는 바람에 홍보까지 잘되고 있다.

그런데 배급에 애를 먹었다면 압력을 넣은 쪽 힘이 상당하다는 뜻이다.

칠상파.

연예계뿐 아니라 어쩌면 대한민국에서 꽤나 영향력이 있는 조직일 것 같았다.

"요즘 조직들은 예전과 다르죠. 툭하면 칼부림했던 건 옛날 애기고 요즘은 사업체를 운영합니다. 겉보기에 문제없고 깔끔하니 자기네들도 좋죠."

예전 최수빈이 했던 말을 떠올랐다.

하지만 사마리아인베스트먼트도 그렇고, 그가 가진 힘과 인맥도 만만치 않다.

어쨌든 큰 지장 없이 개봉을 할 거라니까 말이다.

"미리 언질 줬는데, 출연 배우들이랑 다 같이 예능 나갈 거니까 준비하고 있으래."

"예능?"

어쩐지, 윤철의 표정이 무척 밝았던 것이 이상했다.

"그래서 그렇게 우리 정 대표께서 싱글벙글하셨구먼?"

"내가 언제? 어쨌든 그냥 영화 홍보차 한두 프로그램 하는 거니까 부담 가질 필요 없어."

"퍽이나."

"그런데 첫 예능은 거의 확정인 것 같은데… 내용이 뭔지 아냐?"

"뭔데?"

사실 별 관심이 가진 않았다.

뻔한 토크쇼나 웃고 떠드는 예능 프로그램이겠지.

"'드림팀이 간다'라는데… 뭐, 뻔하게 운동하고 그러는 거긴 한데 상대가 좀 특별하다."

드림팀이 간다.

나름 운동 꽤나 잘한다고 알려진 연예인들을 모아 과제를 주고 도전하는 프로그램이다.

상대가 누군지는 모르겠지만 설마 진짜 국가 대표 운동선수들은 아니겠지.

"'천지를 찢다' 배우들이랑 한댄다. 하여튼 피디 새끼들 머리 졸라 굴린다니까. 그렇게 꼭 자극적으로 해야 하나?"

"헐……"

같은 기간에 개봉할 예정인 경쟁작 출연 배우들과 한판 승부라니!

'천지를 찢다'는 200억 원대의 제작비를 투자한 액션 블록

버스터로, '우상'과 비슷한 한여름에 개봉할 것으로 알려져 있다.

아무래도 장르나 노리는 관객층도 비슷하여 영락없이 서로 뺏고 뺏기는 경쟁 작품이 될 것이 확실하다.

게다가 출연 배우들 간의 관계 또한 요상하기 짝이 없다.

강규환과 고성진의 경우는 이미 알려진 대로 대한민국 차세대 미남 배우 4인방이다.

학창 시절 때부터 라이벌 관계라는 것은 이제는 일반인들조차 알 정도로 널리 퍼진 사실이었다.

그리고 또 하나의 배우 마창욱.

그의 아내는 미녀 배우 우연미로, 과거 오영홍과 한때 연인 관계였다.

그렇다 보니 언론에서도 벌써부터 두 영화를 붙여서 입방아를 찧고 있는 중이다.

'참나, 예능에 출연하는 데 그런 것까지 신경 써야 하나?'

태웅은 피식 웃었다.

어차피 자신과는 상관없는 얘기니 얼굴 한 번 비추면 되겠지.

'드림팀이 간다'는 몇 번 TV에서 본 기억이 있다.

100미터 달리기나 이어달리기, 수영이나 높이뛰기 같은 종목으로 경쟁을 하는 프로그램이었다.

스턴트맨 출신인 그에게 있어서는 그다지 부담이 되지 않았다.

오히려 예능감을 발휘해야 하거나 되도 않는 개그를 해야 하는 것보다 훨씬 나았다.

'까짓것 가뿐하게 한번 뛰어주고 오지 뭐.'

$$* \qquad * \qquad *$$

'우상'의 개봉이 확정되었다.

배급사는 국내 4대 배급사 중 하나인 디자이어박스, 스크린 수는 1,300개.

거의 영화관을 독점해서 깔다시피 하는 작품들보다는 적었지만 그렇다고 적은 수도 아니었다.

전문가들의 예상 관객 수는 500만에서 600만.

의외로 낮은 이유는 영화 제작 과정에서 벌어진 불협화음과 논란으로 시간이 너무 지체된 데다가, 전체 관람가가 아닌 19금 상영가 판정을 받았기 때문이었다.

19금 상영가 등급 한국 영화의 최다 관객 수는 800만이었기에, 따지고 보면 그리 박한 평가를 받은 건 아니었다.

'시사회만 하면 분위기 달라질걸?'

태웅은 확신할 수 있었다.

후반 작업을 거친 영화의 최종완성본을 지금 확인했기 때문이다.

"어때요? 맘에 들어요?"

최수빈이 영화를 다 보고 난 태웅에게 감상을 물었다.

"제가 할 말은 아닌 것 같습니다만… 대표님께서는 어떠세요?"

최수빈은 한숨을 쉬며 커튼을 걷었다.

그의 사무실 창문을 통해 수많은 차들이 지나가는 교차로가 보였다.

"난 판단을 할 수가 없어요. 왜냐면 나와 상관없는 픽션이 아니니까."

"픽션으로 보자면, 100점 만점에 90점 정도는 됩니다."

태웅의 말에 그는 고개를 돌려 피식 웃었다.

"좋네요. 그 정도면 아주 만족스러운 스코업니다."

"그거 물어보려고 여기로 부르신 겁니까?"

이곳은 서울 강남의 한 고층 빌딩에 위치한 사마리아인베스트먼트 사무실.

태웅으로서는 처음 와본 곳이었다.

"차 안에서 두 시간이 넘는 영화를 보여줄 수는 없잖아요? 사실 우리 집에 웬만한 극장보다 훨씬 좋은 영화 감상실이 있긴 한데, 아직 집에 초대할 만큼 친하진 않아서. 하하하."

'니 똥 굵다, 인마.'

자기 앞에서 큰 집 자랑이라니?

어처구니가 없었지만 그는 그저 고개를 끄덕였다.

"요즘 어때요? 또 검은 정장 입은 까마귀들이 얼씬거리거나 하진 않겠죠?"

"대표님이 붙여준 매 덕분에 괜찮은 듯합니다."

"하아?"

최수빈이 김빠지는 소리를 냈다.

"왜요? 몰랐을까 봐요?"

"뭔가 오해가 있는 것 같습니다."

"그런 스펙을 가진 사람이 왜 한낱 신인 배우 매니저를 하겠다고 찾아왔는지 제가 모를 것 같습니까? 그렇게까지 사람을 붙여놓고 싶다면 마음대로 하라는 생각에 그냥 놔두는 겁니다."

뻔히 아는데도 여전히 시치미를 떼고 있는 그였다.

누굴 바보로 아나?

"무슨 얘기를 하시는지 잘 모르겠군요. 아차차, 벌써 시간이 이렇게 됐나? 김 비서!"

그가 갑자기 인터폰을 호출하여 비서를 불렀다.

"여기 김태웅 씨 가신다니까, 정중하게 주차장까지 모셔 드려."

어쭈, 곤란해지니까 아예 보내 버리시겠다?

"안 그러서도 저 혼자 잘 갑니다."

태웅은 능글맞게 쪼개고 있는 그를 두고 대표실을 나왔다.

*　　　　　　*　　　　　　*

"최 대표랑은 어떻게 아는 사이야?"

운전대를 잡고 신호 대기 중이던 고서윤의 뺨에 미세한 경련이 일어났다.

하지만 그는 곧 태연하게 입을 열었다.

"무슨 말씀이세요?"

"둘 다 시치미를 떼겠다 이거지? 마음대로 해."

여전히 그는 영문을 모르겠다는 태도로 핸들을 돌렸다.

이번 목적지는 종로에 있는 한 남성전문잡지사 스튜디오.

인터뷰 및 촬영을 하기로 약속이 잡혀 있었다.

약속 시간은 세 시였는데 그날따라 서울시 행사로 인해 도로 상태가 영 좋지 않았다.

"교통 체증이 너무 심하네요."

"그러게. 이러다가 시간 늦겠는데? 미리 연락을 해야 하나?"

고서윤이 자동차 시계를 힐끗 보더니 고개를 저었다.

"이 정도로 늦는다는 건 말이 안 됩니다. 안전벨트 잘 하셨죠?"

"엥?"

"지름길로 가겠습니다. 조금 달릴 텐데 안전하니까 안심하세요."

"이런 도심에 지름길이 어딨어? 그렇게 무리 안 해도……."

"절대 늦지 않습니다. 연예인에게 신용은 생명이니까요."

그는 한쪽 눈을 찡긋하곤 곧바로 액셀을 밟았다.

부웅—

굉음과 함께 갑자기 핸들이 확 꺾이며 차가 옆 차선으로 끼어들었다.

"으아아아아!"

차가 들썩거릴 정도였지만 고서윤은 여전히 무표정한 얼굴로 핸들을 이리저리 틀었다.

듣도 보도 못한 길로 조금의 망설임도 없이 차가 나아갔다.

"이런 데로 가면 어떻게 해? 길이 있나?"

"물론입니다."

내비게이션도 보지 않고 그는 차를 몰았다.

서울 한복판에 이렇게 미로 같은 길이 있었는지 몰랐을 정도로 낯선 길들이 연이어 눈앞에 펼쳐졌다.

대략 이십 분 후.

두 사람을 태운 차는 약속 시간을 정확히 10분 남겨두고 목적지에 도착했다.

"…이럴 수가. 정말로 온 거야? 제시간에?"

머릿속에 서울시 도로 교통 상황이라도 전송되는 걸까?

장난으로 붙인 별명대로 실은 진짜 알파고가 아닐까?

믿을 수 없어 하는 태웅에게 주차를 끝낸 고서윤이 꾸벅 고개를 숙였다.

"얼른 가시죠. 에디터가 기다리고 있습니다."

S# 5
드림팀이 간다

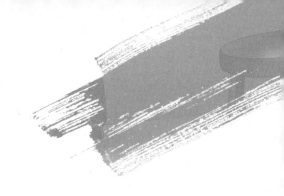

　군인 장병들의 필수품!

　군대 반입 1위 잡지로 군인 장병들을 잠 못 들게 하는 마성의 잡지 '프림'.

　프림의 한 코너에 태웅의 인터뷰가 실렸다.

　처음에는 '에시카이어'나 'CQ' 같은 명품 분위기의 잡지를 예상했던 터라 다소 김이 새긴 했지만, 오히려 생각보다 훨씬 재밌는 인터뷰가 이루어졌다.

　에디터의 말에 의하면 요즘 태웅의 시원시원하고 거침없는 언행에 안티도 있었지만, 열광하는 팬들도 많다고 했다.

"이번 영화 우상은 액션 연기를 소화했다고 들었습니다. 다음 영화는 어떤 장르를 생각하고 계시나요?"

"어두운 분위기의 영화를 찍었으니 이번엔 밝은 분위기를 찍고 싶네요. 판타지가 들어간 멜로 영화 정도를 생각하고 있습니다."

"아하, 하긴 드라마에서도 끝 부분에 멜로 연기를 좀 하셨죠? 나름 좋은 평가도 받았고요."

인터뷰를 마친 후엔 거친 액션을 소화하는 액션 배우 콘셉트로 사진 촬영을 했고 결과물도 만족스러웠다.

고서윤은 곁에서 조용히 지켜보며 자기 위치를 지켰다.

나대지 않고 할 일만 하는 모습이 왠지 믿음직스러웠다.

'이런 제길, 안 돼! 넘어갈 뻔했잖아.'

태웅은 고개를 절레절레 흔들었다.

최수빈이 심어놓은 프락치가 틀림없는 알파고 따위에게 매력을 느끼다니!

하지만 한편으론 또 아무럼 어떠냐는 생각이 든다.

단지 누군가 자신을 주시하고 있다는 것이 기분 나빴을 뿐, 굳이 따지자면 최수빈은 자신을 경호해 주고 있는 것이 아닌가.

쇠 젓가락을 던져 바퀴벌레를 잡는 저 인간이라면 길 가다가 바주카포가 날아온다는 소말리아 한복판에 떨어져도 왠지 안심이 될 것 같았다.

'적어도 홍구보다는 훨씬 믿음직하군.'

오늘도 이태원에서 열심히 퀴어 문화 삼매경에 빠져 있을 홍구의 노고를 생각하자 그는 왠지 미안해졌다.

손꼽히는 명작에 퀴어 영화가 많은 만큼, 제대로 연기만 펼친다면 홍구 역시 충분히 스타 배우가 될 수 있을 것이다.

모든 일정을 마치고 난 후, 태웅은 고서윤과 저녁 식사를 하며 얘기를 꺼냈다.

"고 매니저."

"네, 형님."

"당신은 퀴어 영화에 대해 어떻게 생각해?"

뜻밖의 질문에 잠시 고민하는 듯한 그가 입을 열었다.

"영화사에 길이 남을 명작 중 상당수가 퀴어물입니다. 패왕별희, 해피투게더, 왕의 남자, 브로크백 마운틴 등등에서 세기의 명배우들이 활약했죠. 어떤 면에서는 이성 간의 사랑이 아닌 만큼 본능을 제거하고 보다 원론적인 사랑을 표현할 수 있다는 점에서 더욱 많은 의의가 있지 않은가 합니다. 그래서……."

이어지는 그의 해박한 영화 지식이 담긴 말솜씨에 태웅은 얼이 빠졌다.

*   *   *

우상의 시사회 날 아침.

누구보다 일찍 일어난 태선은 분주하게 집안 청소를 하고 아침밥을 차린 후 베란다를 향해 물 한 그릇을 떠놓고 기도를 했다.

촬영이 끝나고 한가한 시기다 보니 늘어져라 잠을 자고 열한 시에 칼기상한 태웅은 그녀의 모습을 보고 어이가 없었다.

"야, 너 뭐 해?"

"기도하는 거야."

"교회도 안 다니면서 무슨 기도?"

"오늘 시사회잖아. 그래서 엄마 아빠한테 기도하고 있어."

이런 젠장, 또 콧등 시큰거리게.

"그런데 보통 그때 쓰는 물은 정화수 아니냐? 왜 수돗물을 받아놓고 있어?"

"이것도 정화수야. 5단계 정수 과정을 거친 직수형 정수기표 물."

며칠 전에 꽃미남 배우가 광고하는 정수기 하나를 사더니만 저 모양이다.

"그만하고 밥이나 먹자. 어차피 재미없으면 기도의 신이 와서 기우제를 지내도 안 되고, 재미있으면 하늘에다 쌍욕을 해도 천만 관객은 우습게 찍어버리는 게 영화의 이치야."

두 남매는 조용히 아침밥을 먹고 집을 나섰다.

진작부터 기다리고 있던 고서윤이 아방가르드한 움직임으로 뒷좌석 문을 열어준다.

"레이디 퍼스트입니다."

"어머, 감사해요."

태선이 깜짝 놀라면서도 은근히 기뻐했다.

하긴 이렇게 공주 대접을 받아본 적이 평생에 얼마 없을 것이다.

그녀가 차에 오른 후 고서윤이 운전석 문을 열고 태웅에게 손짓했다.

"타시죠. 오늘은 길이 별로 안 막힐 모양입니다."

"그거 다행이네."

만약 또 막혀서 늦게 되면 매니저의 카 레이싱 능력을 감상하게 되겠다는 생각에 태웅은 식은땀이 났다.

시사회장에 도착하자 오랜만에 익숙한 얼굴들이 보였다.

"태웅! 이게 얼마 만이야?"

오영홍이 언제나처럼 친근감이 가득 담긴 미소를 지으며 태웅에게 인사했다.

"오랜만이네요. 선배님. 잘 지내셨죠?"

"나야 늘 똑같지. 그런데 이 미인분은 누구신가?"

그 말에 태선의 입이 함지박만 하게 벌어졌다.

역시나 대한민국을 들썩이게 만든 플레이보이 오영훙.

첫인사부터 여심을 건드릴 줄 안다.

"제 동생이에요. 올해 대학 졸업반이고요."

"대학생이라고? 너무 앳돼 보여서 고등학생인 줄 알았는데,
하하하."

2연타!

여자 기쁘게 만드는 솜씨만큼은 자신과 비교해도 손색이
없을 것 같았다.

"감사합니다. 김태선입니다."

"이름이 아주 개성 있네. 기억하기도 쉽고. 암튼 반가워요!"

그는 정중하게 악수를 청하곤 이내 고서윤에게 눈길을 돌
렸다.

"이분은 처음 본 것 같으면서도 어디서 많이 봤는데?"

"아, 제 매니저입니다. 알파… 아니, 고서윤이라고 해요."

"아! 우리 영화에 출연한 분 아니야?"

"맞아요. 그렇게 됐어요."

"하하하. 이것 참 재밌는 일이네. 보조 출연자가 매니저가
다 되다니. 어쨌든 앞으로 자주 봅시다."

"감사합니다. 김태웅 매니저 고서윤입니다."

고서윤은 깍듯이 허리를 굽혀 90도 인사를 하곤 명함을 건

넸다.

이윽고 고화영과 유지니, 강남일 등 함께 술자리를 가졌던 멤버들과 차례로 인사를 나눴다.

강규환 역시 어색하게나마 인사를 한 태웅은 언론 시사회가 열릴 극장 안을 둘러보았다.

일반 시사회와는 달리 기자들과 영화 관계자들, 그리고 지인들 위주로 참석하는 시사회다.

몇몇 기자들과 제작사인 프리즌필름 대표 및 관계자들, 그리고 알 수 없는 사람들이 보였다.

하지만 눈을 씻고 찾아봐도 최수빈의 모습은 보이지 않았다.

'어디선가 또 카메라로 몰래 훔쳐보고 있겠지. 하여튼 음흉한 녀석이야.'

관계자들이 인사를 나누고 착석한 후, 암전과 함께 스크린에 우상의 오프닝이 상영되기 시작했다.

오영홍과 주인공 수현이 거친 숨을 몰아쉬며 종합 격투기 링에서 싸우는 모습.

그리고 일리야 신디게이트의 조직원들과 차량 추격전을 펼치며 연신 총을 발사하는 진구 역의 강규환.

그리고 여전한 걸 크러시, 연희 역의 유지니가 건강한 미모를 뽐내며 추격전의 마무리를 장식했다.

이 모든 걸 고층 빌딩 옥상에서 내려다보는 휘빈 역의 태웅!

그의 묘한 미소와 함께 암전되며 스크린엔 타이틀 '우상'이 떠오른다.

정신없이 몰아치는 액션과 화면 전환, 그리고 영상미의 오프닝에 시사회를 관람하던 기자들과 초청받은 배우들, 관계자들은 모두 숨조차 쉬지 못했다.

이윽고 펼쳐지는 본격적인 이야기에 그들은 다른 생각을 할 틈도 없이 몰입해 들어갔다.

*   *   *

두 시간 후—

어딘가로 홀연히 사라진 청년 사업가 수현, 그리고 그의 행방을 쫓아 두바이로 향하는 휘빈의 모습을 끝으로 우상의 이야기는 마무리되었다.

엔딩 크레디트가 올라가는 동안, 좌중은 고요히 가라앉아 있었다.

숨 가쁜 정적이 흐른 후, 객석에서 하나둘 박수가 들리기 시작했다.

이윽고 휘파람 소리와 우레와 같은 박수 소리가 시사회장

을 가득 메웠고, 기립한 사람들은 연신 환호와 함께 '우상 화
이팅!'을 외쳤다.

"정말 끝내준다!"

"내 생애 최고의 영화야! 머리부터 발끝까지 완벽해!"

사람들이 몰려와 고화영 감독과 주연배우들에게 악수를
청했다.

그들의 치하에 태웅은 빙긋 웃었다.

'역시 예상대로군. 이 영화는 역대급 물건이야.'

난해한 듯하면서도 스타일리시하고 끝까지 이야기의 집중
력을 잃지 않은 우상.

한 발만 삐끗하면 곧바로 망작이 될 수 있는 위험한 시나리
오를 고화영은 놀라운 솜씨로 매력적인 액션 누아르로 탈바
꿈시켰다.

괜히 충무로의 슈퍼 키드가 아니다.

그 까다로운 최수빈이 감독으로 낙점한 이유가 있는 것이
다.

"정말 잘 봤어. 내가 이제 죽을 때가 됐나 봐. 늙은이가 이
런 세련된 영화를 보는 호사를 다 누리고."

'청춘은 맛있어!' 종방연 이후, 오랜만에 만난 원로 배우 고
강호가 태웅의 어깨를 두드렸다.

"자네가 조상순이 영화에 출연 못 해서 엄청 아쉬웠는데, 다 이렇게 잘되려고 그랬나 봐. 허허허."

"감사합니다. 다 선생님 덕분입니다."

"이 사람도 참. 내가 뭘 했다고?"

"처음 드라마를 찍는 저에게 용기를 불어넣어 주셨으니까요. 아버지같이 존경하고 있습니다."

태웅은 적당히 입 발린 말을 섞어가며 그의 기분을 띄워줬다.

어쨌든 그 덕분에 삼원 그룹 회장 강부식과 알게 되어 임기환의 약점을 잡을 수 있었다.

그 후 고화영을 협박하던 임기환의 입을 틀어막은 덕분에 결과적으로 우상을 성공적으로 촬영할 수 있었던 것이다.

나비의 날갯짓이 태풍을 불러왔다고 해야 할까?

고강호는 우상 개봉의 숨겨진 일등 공신이었다.

"김태웅 배우, 역시 제 예감은 틀리지 않았군요. 이제 훨훨 날아오를 일만 남았어요. 축하합니다."

능글맞게 실실거리며 나타난 황병준 기자가 그에게 악수를 건넸다.

"오랜만에 제 앞에 모습을 드러내셨네요. 그동안은 무슨 닌자처럼 은신술만 쓰시는 바람에 못 뵈었는데."

"허허허, 제가 너무 귀찮게 따라붙었다면 죄송합니다. 물론 그만둘 생각은 없지만요."

"앞으로도 계속 그렇게 제 일거수일투족을 기사화하시겠다?"

"물론입니다. 스타는 성공한 후가 더 중요해요. 자기 관리가 철저해야 하고, 끊임없이 대중의 관심을 공급받아야 하죠. 그렇지 않으면 결국 소모품의 운명을 벗어나지 못하고 잊히고 맙니다. 누구나 피할 수 없는 운명이지만, 그 운명을 조금이라도 유예시키는 게 바로 제가 할 일이죠."

자신만의 개똥철학을 늘어놓는 그의 얼굴이 밥맛이었지만, 태웅은 오늘만큼은 적당히 상대해 주기로 했다.

"그거야 뭐 잘 알아서 하시기 바랍니다. 물론 억측으로 이루어진 소설은 아무리 제게 유리한 기사라도 정중히 사양이고요."

"그런 걱정은 접어두시죠. 저는 창작하는 사람이 아니라 진실을 기록하는 사람에 불과하니까요. 하하하."

수많은 사람들의 물결이 지나가고, 또다시 익숙한 사람의 모습이 보였다.

바로 강지나였다.

"여기까지 와주셨네요. 정말 감사합니다."

태웅은 정중하게 고개를 숙였다.

이제 안면도 꽤 익혔으니 편하게 대할 만도 하건만, 이상하게 그녀에게는 쉽게 말이 떨어지지가 않았다.

어렵기도 하고 범접할 수 없는 아우라가 느껴지기도 했다.

"영화 정말 최고예요. 뭐라고 해야 할지… 그리고 태웅 씨 연기도 너무 멋졌고요."

"과찬이세요."

"아니에요. 정말 보면서 뭐랄까… 음… 아이 참, 왜 이렇게 갑자기 단어가 안 떠오르지? 죄송해요."

평소의 그녀답지 않게 얼굴이 발그레해져서 가쁜 숨마저 몰아쉬고 있었다.

태웅은 의아하게 생각했지만, 그럴 만한 이유가 있었다.

'내 생각이 틀리지 않았어! 저 연기, 완전히 그하고 똑같아. 어쩜 저럴 수가……'

그녀는 또다시 자신이 열렬히 좋아했던 슈퍼스타, 라이더 베스를 떠올리고 있었다.

눈앞에 배우를 두고 다른 사람의 연기를 연상한다는 게 왠지 실례 같아 그녀는 고개를 힘껏 저으며 그 생각을 떨쳐냈다.

"지나 씨? 괜찮으세요?"

"아, 그럼요. 저는 그냥……."

그녀는 눈앞에 있는 태웅의 눈빛과 목소리에 살짝 현기증을 느꼈다.

다리에 힘이 풀려서 균형을 잃고 주저앉을 뻔한 그녀의 허리를 태웅의 손이 번개같이 감았다.

한 손에 들어올 것 같은 날씬한 허리, 그리고 뒤로 젖혀지면서 도드라지는 유려한 몸의 곡선에 그는 잠시 넋을 잃었다.

깜짝 놀란 그녀는 촉촉해진 눈으로 태웅을 바라보았다.

얼굴이 화끈거리면서 눈꺼풀이 파르르 떨렸다.

"죄, 죄송해요!"

그녀는 황급히 몸을 일으키곤 그에게 제대로 인사도 못 하고 자리를 떴다.

평소의 이미지와 너무나도 다른 모습에 태웅은 얼떨떨해졌다.

'뭐지? 영화가 그렇게 재밌었나?'

그럴 만도 하다는 생각이 들었지만, 어딘지 이상하긴 했다.

골똘히 생각에 잠긴 그는 미처 눈치채지 못했다.

둘의 모습을 캐치한 황병준 기자가 또다시 먹잇감을 발견한 독수리처럼 눈빛을 번뜩이는 것을.

'호오. 이건 생각지도 못한 월척인데?'

*   *   *

'드림팀이 간다!' 예능 출연을 위해 모인 우상의 출연 배우는 모두 다섯 명.

태웅과 오영홍, 강규환, 강남일, 그리고 에릭 카터였다.

사실 운동신경을 따진다면 강남일이나 에릭 카터보다는 발군의 스포츠 걸 유지니가 끼어야 했지만, 남자로 제한하다 보니 이렇게 칙칙한 구성이 되고 만 것이다.

언론 시사회와 VIP 시사회 모두 성황리에 마치고 나서 정해진 우상의 개봉 일자는 7월 7일 여름이었다.

공교롭게도 경쟁작인 유태호 감독의 '천지를 찢다' 역시 같은 날 개봉이 잡혔는데, 무려 2,000개의 스크린을 차지하며 한국 영화계의 고질적인 문제인 독과점 논란을 불러일으켰다.

1,300개의 개봉관이 잡힌 우상은 명함도 못 내밀 정도의 개봉관 독점 문제가 불거졌지만, 오히려 유태호 감독은 한 영화 매체와의 인터뷰에서 도리어 큰 소리를 쳤다.

―좋은 영화를 어디서든 쉽고 편하게 보실 수 있다면 뭐가 문젠가요? 하하하. 농담이고, 우리 영화는 그만큼 재미있습니다. 기대하셔도 좋아요.

무개념 인터뷰에 비난이 쇄도하자 그는 말을 바꿨다.

―제가 지난번 꺼낸 말은 그런 의도가 아니었습니다. 스크

린 독과점으로 인해 뜻있고 작품성 있는 소자본 영화가 상영하지 못한다는 것은 참으로 아쉬운 문제가 아닐 수 없습니다. 영화인의 한 사람으로서 책임을 통감합니다.

"이 자식, 지가 무슨 정치인이야? 웬 유체 이탈 화법을 쓰고 난리야?"

오영홍이 피식 웃으며 핸드폰에서 흘러나오는 동영상 뉴스를 닫았다.

"그러게요. 꼭 남 얘기하듯 하고 있어요."

유태호 감독은 예전부터 업계에서 자기보다 못하다고 생각하는 사람에게는 함부로 대하기로 유명했다.

태웅은 초짜 스턴트맨 시절 그의 영화에 대역 출연했는데, 촬영장에서의 그의 막무가내 언행은 눈살을 찌푸리게 했었다.

"매너 없게 같은 날 개봉을 잡냐… 싸가지 없는 놈들. 아주 상도덕이 없어요, 상도덕이. 에라이 호로새끼들아. 천지를 찢긴 뭘 찢어? 니들 가랑이나 한번 찢어보자."

강남일이 특유의 걸쭉한 말투로 욕설을 퍼부어댔다.

그의 리듬감 넘치는 욕을 들으며 우상 팀은 절로 웃음이 터졌다.

"하여튼 이 형님, 남 까는 거 하나는 기똥차게 잘한다니까."

"형님 나중에 은퇴하시면 욕쟁이 할아버지 콘셉트로 식당

하나 차려요."

여기저기서 그를 놀리는 목소리가 터져 나왔다.

"이 친구들아. 식당은 은퇴 안 해도 차릴 수 있어. 그리고 나 이미 가지고 있거든?"

그러고 보니 매번 뻔질나게 촬영장에서 자기가 운영하는 가게 이름과 주소가 새겨진 병따개나 라이터를 나눠주던 기억이 났다.

"그럼 이따 오는 놈들한테 홍보나 좀 하세요. 걸쭉하게 욕 좀 얻어먹고 가라고."

"그놈들한텐 욕값도 받아야지. 이렇게 찰진 욕 어디 가서 들어보겠어?"

촬영장 구석에서 낄낄거리고 있는 우상 팀에게 FD가 다가왔다.

"우상 팀 배우 분들, 대본은 다 숙지하셨나요?"

그 말에 오영홍이 너스레를 떨었다.

"아니, 우리가 언제 이걸 숙지하고 있어요? 그냥 그때그때 애드리브로 하는 거죠. 그렇지?"

"당연하지. 이건 예능인데 생동감이 중요하지 않겠어?"

능글맞게 구는 배우들의 태도에 FD는 적잖이 당황했다.

"그, 그러시면 안 되는데……."

"어이, 친구. 도대체 이거 누구 머리에서 나온 아이디어야?"

오영홍이 선수를 쳤다.

이번 기회에 풋내기 스태프를 한번 압박해서 정보를 캐내볼 생각인 것 같았다.

"어떤 걸 말씀하시는지……."

"누가 이런 잔망스러운 아이디어를 짜냈냐 이거야. 곧 개봉하는 두 영화배우들 가지고 싸움 붙이는 거. 그것도 은근히 지는 쪽 바보 만들려고 하는 거 같은데."

"그거야 피디님께서……."

"피디가 이렇게까지 생각을 할 리 없고, 이거 저쪽 아이디어지? '천지를 찢다' 쪽 사람 머리에서 나온 생각 아니냐고."

오영홍의 지적은 예리했다.

어떻게 봐도 이번 프로그램의 콘셉트는 건전한 경쟁을 통해 웃음을 자아내기보다, 승부를 제대로 시켜서 지는 쪽을 완벽하게 패배자로 만드는 느낌이었다.

일개 피디가 곧 개봉할 두 영화의 출연 배우들을 놓고 그렇게까지 과한 콘셉트를 짜진 않을 터.

그렇다면 오늘 승부에서 이길 자신이 있는 쪽, 바로 천지를 찢다 팀이 농간을 부렸을 가능성이 농후하다.

"뭐 맘대로 하라 그래. 어차피 우리가 이길 테니까. 그러면 자기들이 더 손해 아니겠어? 자업자득이지."

자신만만한 오영홍에 비해 강규환은 평소답지 않게 긴장한 기색이 역력했다.

솔직히 지금 멤버를 본다면 강남일은 버리는 카드였고, 에릭 카터 역시 딱히 운동을 잘해 보이진 않는다.

얼핏 듣기론 천지를 찢다 쪽 고성진과 마창욱은 운동선수급 체격 조건과 운동신경을 보유하고 있다고 한다.

실제로 마창욱은 유도 유단자, 고성진은 한때 체대 진학을 노렸던 만능 스포츠맨이라던가.

둘 다 연예계에서 힘자랑하고 다니기로 유명한 마초들이다.

오영홍은 겉으론 여유로워 보였지만 그 역시 은근히 긴장하고 있었다.

그리고 보니 천지를 찢다의 제작사와 배급사 역시 칠상파의 입김이 강하게 들어간 곳이라는 의심이 들었다.

최수빈에게 물어볼까 했지만 어디에 있는지도, 연락처도 알 수 없으니 지금으로선 불가능했다.

하지만 충분히 가능성은 있다.

'직접 방해가 어려우니 이런 식으로 밟겠다 이건가?'

영화 대 영화로 경쟁을 붙여 찍어 누른다.

아무리 실화를 바탕으로 한 영화고, 자신들의 치부가 드러날 위험을 품고 있다고 해도 흥행이 안 되고 보는 사람이 없다면 아무런 위협이 되지 않을 것이다.

우상의 흥행이 성공하고 대대적인 이슈가 되는 것.

그것이 바로 칠상파가 가장 두려워하는 일이다.

"프로그램 콘셉트는 잘 들으셨죠? 오늘 촬영, 우리 재밌게 한번 해봐요."

'드림팀이 간다'의 피디 박준성이 우상 팀에게 다가와 활기차게 웃으며 말했다.

웃는 얼굴에 침 뱉기 전문인 오영홍이 다시 히죽거리며 입을 연다.

"왠지 저희만 재미없을 것 같은데. 어때요, 피디님이 보기엔 우리가 오늘 개망신을 피할 수 있겠어요?"

그 말에 피디의 얼굴이 묘하게 일그러졌다.

"에이, 무슨 말씀이세요? 오늘 누구 하나 안 망가지게 예쁘게 잘 찍어드릴 테니까 걱정 마요. 여차하면 편집하면 돼."

딱히 믿음이 가진 않았기만 그쯤에서 일단락해야 했다.

촬영장 건너편에서 천지를 찢다 팀의 배우 다섯 명이 여유로운 걸음으로 걸어오고 있었기 때문이다.

"이야, 이게 누구야? 강뀨! 잘 있었어?"

강규환을 부르는 고성진의 태도에는 묘한 얕봄이 실려 있었다.

입가에 미미한 비웃음을 띤 채 대하는 그의 태도에 강규환은 별다른 반발도 못 하고 움찔한 채 당황해하고 있었다.

"너 좀 많이 삭았다? 안 본 사이에. 관리 좀 해야지, 연예인이."

"고성진이. 선배를 봤으면 인사부터 해야지. 하하하. 개념은 여전히 죽 끓여 먹었나 봐?"

오영홍이 슬쩍 견제하자, 고성진은 멋쩍은 얼굴로 슬쩍 고개를 숙였다.

"어이쿠, 이거 죄송합니다. 선배님을 몰라뵀네요."

남성미가 느껴지는 까무잡잡한 피부에 커다란 덩치, 근육질로 뒤덮인 몸이 꼭 미국의 미식축구 선수를 연상시켰다.

하지만 갸름한 얼굴과 비율 좋은 몸매 때문에 여성들에게 폭발적인 인기를 구가하고 있었다.

비슷한 스타일의 강규환과 팬 층이 겹치기 때문에, 한쪽이 더 잘나갈수록 다른 한쪽은 인기가 낮아질 수밖에 없는 관계다.

"우리 애들한테 너무 그러지 마. 자기 집안 식구들부터 단속을 잘해야지 않겠어?"

천하의 대세 배우, 오영홍도 움찔할 수밖에 없는 상대, 대한민국 대표 신사로 불리는 깔끔하고 가정적인 이미지의 마창욱이 등장했다.

두 사람의 눈빛이 허공에서 충돌했다.

거리가 제법 떨어져 있음에도 금방 서로 엉겨 붙어서 주먹다짐을 벌일 것 같은 느낌이다.

"무슨 소리를 하는지 모르겠네. 어디서 강아지가 짖나?"

"센 척하는 건 여전하네, 영홍이. 별로 세지도 않으면서. 하하하."

사람 좋은 미소를 짓고 있었지만 마창욱의 눈빛에는 살기 비슷한 게 흘렀다.

곰돌이같이 푸근하고 자상한 이미지였지만, 실제로 그는 포악한 성격으로 유명했다.

아내를 상습적으로 때린다는 소문까지 들려오고 있었다.

그의 아내는 바로 오영홍의 옛 애인인 우연미.

한때 대한민국을 떠들썩하게 했던 미인으로, 오영홍과는 모두가 아는 공식 커플이었다.

분위기가 험악하게 흐르려는 기색이 보이자 피디가 제지했다.

"자자, 서로 인사들 나누셨으면 이제 촬영에 대해 말씀들 나누시죠?"

다행히 폭발 직전의 분위기는 누그러졌지만, 여전히 불씨는 남아 있었다.

마창욱과 고성진은 멀뚱히 서 있는 태웅을 보고는 비웃는 듯한 눈빛을 보냈다.

"저 친구 뭐야? 청춘이 맛있다였나? 거기 나온 신인 아냐?"

"그때 제작 발표회에서 설쳤던 친구잖아요. 천만 관객 달성 못하면 누드집 찍겠다고 한 애."

"아, 맞다. 골 때리네. 큭큭큭. 우상이 천만? 천만이 뉘집 개 이름인 줄 아나."

일부러 들리라는 듯 말하는 두 남자를 보며 태웅은 이것들을 어떻게 때려잡을까 생각하기 시작했다.

*　　　　*　　　　*

'드림팀이 간다'의 콘셉트는 원래 각 종목의 현역 운동선수, 또는 해외 유명 팀을 초청하여 자체 구성한 드림팀으로 한판 승부를 벌이는 것이었다.

운동신경이 좋다고 알려진 연예인들이 총출동하여 몸으로 뛰는 모습에 시청자들은 시원함과 대리 만족을 느꼈고, 그 결과 7년이나 이어지는 장수 프로그램이 되었다.

오늘의 콘셉트는 특이하게도, 곧 개봉하는 두 대작 영화의 주역들이 나와서 여러 가지 종목으로 대결을 벌이는 것이었다.

가끔 다른 종목의 선수들이 대결하거나, 국내 팀과 해외 팀이 대결을 펼친 적은 많았지만 이번과 같은 콘셉트는 드물었다.

그렇기에 태웅을 비롯한 우상 팀은 천지를 찢다의 제작사가 힘을 썼다고 의심하고 있는 것이다.

피디는 자신들이 기획하여 양쪽을 섭외했다고 말하고 있긴 했지만 별로 믿음직스럽지가 않았다.

촬영장은 잠실 종합 운동장.

'무슨 올림픽이라도 하려는 건가? 왜 이렇게 큰 곳을 빌린 거야?'

태웅은 늘어져라 하품을 하며 연신 스포츠 음료를 들이켰다.

이제 초여름이 막 지나고 본격적인 여름으로 돌입하려는 시점.

그렇다 보니 어지간히 햇빛이 뜨겁고 땅은 펄펄 끓었다.

녹화가 시작되고, MC 고정훈이 재기 넘치는 입담을 뽐내며 양 팀의 배우들을 시청자들에게 소개하는 시간을 가졌다.

방송 경력 20년의 베테랑으로, 어색하지 않고 자연스럽게 방송을 이어나가는 데 있어서는 타의 추종을 불허하는 MC였다.

"자, 이제 각 팀 소개가 끝났습니다. 그럼 대망의 첫 번째 종목을 알아볼까요?"

효과음과 함께 MC 뒤쪽에 있는 전광판에서 대결 종목이 떴다.

"첫 번째 종목은 바로… 씨름입니다!"

미리 사전 협의한 대로 첫 종목은 씨름!

녹화 시작 전 그 얘기를 들었을 때 태웅은 황당하기 그지없었다.

이런 여름에 땡볕 아래서 무슨 씨름을 한단 말인가?

바닥에 모래도 안 깔려 있는데 말이다.

피디는 푹신한 감촉의 특별 매트를 깔아 안전한 대결이 되게 할 것이라 약속했다.

'역시나 치사한 놈들이라니까. 애당초 종목도 피디랑 저것들이랑 짝짜꿍해서 정했겠지?'

안 봐도 뻔하다.

보통 이런 프로그램에서는 몸을 쓰는 것이라도 난데없이 씨름 같은 종목을 넣지는 않는다.

위험하기도 하고 설령 넣더라도 마지막 순서에 넣는 경우가 많다.

그런데 첫 대결부터 씨름이라니…….

'다 죽었어!'

아까 자신을 비웃은 두 배우를 보며 태웅은 회심의 미소를 지었다.

분노로 부글부글 끓고 있는 것은 그뿐이 아니었다.

오영홍도, 강규환도 각자의 분노와 울분을 가지고 상대방과 대면하고 있었다.

"자, 이제 게임을 시작하겠습니다! 각 팀의 1번 선수는 앞으로 나와 주세요."

일찌감치 편한 운동복으로 갈아입은 양 팀의 선수들이 나왔다.

우상 팀의 선봉은 강남일.

상대방의 선봉은 고성진이었다.

'이거 게임이 안 되잖아? 처음부터 고성진이라니……'

태웅은 강규환을 힐끗 보았다.

그는 입술을 지그시 깨물며 주먹을 쥐고 있었다.

'이번에는 톡톡히 복수 좀 하려나? 하긴 계속 당하고만 있으면 못 살겠지.'

*   *   *

푹신한 매트가 깔린 임시 경기장 위에서 씨름 대결이 시작됐다.

힘도 중요하지만 기술과 눈치가 필수인 씨름!

신체 조건이나 경험 등에서 얼핏 봐도 상대편이 우세인 것 같았다.

하지만 태웅은 자신만만했다.

얼마 전 '미친 운동신경' 능력까지 습득한 것은 바로 오늘의 대결을 위해서였다.

규칙은 다섯 명이 각자 대결하는 게 아니라, 승자가 계속해서 다음 사람과 대결하는 방식이었다.

"중년의 힘을 보여주지. 나를 무시하면 곤란해."

강남일이 자신만만하게 나갔다.

우상 팀의 전략은 처음에 약한 상대를 내보내 최대한 상대 팀의 전력을 소진시킨 후, 후 순번인 강규환, 오영홍 그리고 태웅이 마무리를 하는 식이었다.

그에 비해 천지를 찢다 팀은 처음부터 강력한 선수인 고성진을 내보낸 것으로 보아 어지간히 자신만만해하고 있는 것 같았다.

'도대체 배우인 내가 왜 여기서 씨름을 해야 하는지 모르겠지만… 마케팅의 일환이라고 생각하지 뭐.'

MC의 진행으로 시작된 씨름 제1경기.

강남일은 나름 적극적으로 공격해 들어갔으나, 고성진은 그를 훌쩍 들어 그대로 땅에 메다꽂아 버렸다.

"으헉……!"

강렬한 충격에 괴로워하는 강남일을 보며 고성진은 씨익 웃었다.

겉으로 보기에는 상대를 걱정하는 것 같았지만 실은 조롱하는 것이다.

"저, 저 새끼, 분명 웃었어. 그렇지? 내가 잘못 본 게 아니지?"

강남일을 부축해 들어온 오영홍이 태웅에게 말했다.

"제대로 보셨어요. 아주 고의로 체중을 실어서 던졌더라고요."

바닥이 푹신한 매트였기에 망정이지 다른 곳이었으면 크게 다칠 뻔했다.

통증이 남아 있는지 연신 콜록거리면서 강남일은 너스레를 떨었다.

"난 괜찮아. 뭘 그런 것들 가지고 그래."

"아니, 지금 새파랗게 어린 애한테 당하고도 그런 말이 나와요? 남일이 형."

오영홍이 씩씩거렸다.

어떨 때는 속물 같기도 한데 어떨 때는 이만한 의리파가 또 없다.

"새파랗게 어린애한테 당해서 이렇게 괜찮은 척하는 거지. 쪽팔리잖아."

"참나……."

"당연히 너희들이 복수해 줘야지. 누가 해줄래?"

강남일의 말에 강규환이 비장한 표정으로 손을 들었다.

"네가? 정말?"

"네, 다음엔 제가 나갈게요."

태웅은 의외라고 생각했다.

끝까지 몸을 뺄 줄 알았는데, 정해준 순서까지 앞당기면서 자신이 먼저 나와 정리를 하겠다는 것이다.

게다가 한 수 접어주고 있는 라이벌, 고성진에게 말이다.

"이길 수 있겠어? 저놈 힘이 장사야, 장사. 어우… 아직도 허리가 울리네."

"저도 힘은 좀 씁니다. 염려 마세요."

강규환이 비장한 각오를 한 듯 이를 악물었다.

'그래도 질 텐데… 힘이나 좀 많이 빼놨으면 좋겠구면.'

떠오르는 차세대 꽃미남 사천왕 중 두 사람의 대결에 MC마저도 후끈 달아올랐다.

사실 예능 프로그램에서 이렇게 잘생기고 멋진 이미지의 꽃미남 배우 둘이 나와서 몸 쓰는 대결을 하는 경우는 흔치 않다.

게다가 둘 다 인기가 가파르게 상승하고 있는 떠오르는 스타!

피디가 뒤에서 싱글벙글하고 있는 것도 당연한 일이다.

"자, 준비되셨나요?"

MC의 질문에 강규환이 긴장한 티를 애써 감추며 고개를 끄덕였다.

'드림팀이 간다' 출연이 결정된 이후부터 그는 아예 특별 코치까지 고용하여 훈련에 훈련을 거듭했다.

무슨 일이 있어도 반드시 저 밉상인 고성진의 코를 납작하게 눌러주고 말겠다는 생각이었다.

"규환이랑 하니까 기분이 묘하네요. 어릴 때부터 워낙 친한 친구라서요. 하하하."

카메라를 의식한 고성진이 우정을 가득 담은 눈빛으로 강규환을 바라보았다.

강규환은 어처구니가 없었지만, 여기서 까칠하게 나올 경우 자신의 이미지 또한 시청자들에게 안 좋게 전달될 수 있어 억지 미소를 지었다.

각각의 팀 트레이닝복에 고정한 샅바를 붙잡은 후 두 사람은 자리에서 일어났다.

탄탄한 체구와 훤칠한 키가 쌍둥이처럼 비슷했다.

근사한 외모의 두 차세대 꽃미남 배우의 씨름 대결!

아마도 이 광경을 보는 여성 시청자들은 군침을 흘릴 것이다.

"시작!"

임시 심판의 외침과 동시에 강규환은 신중한 자세를 취했다.

아까 강남일이 함부로 밀어붙였다가 어이없이 졌던 장면을 떠올렸기 때문이다.

힘 자체도 세지만, 다른 사람의 힘을 이용할 줄 아는 기술을 갖춘 고성진이다.

한때 운동 쪽으로 진로를 결정하려 했었다는 소문이 사실일 것이다.

"빨리 덤벼봐. 뭘 그렇게 겁먹고 있어?"

카메라가 가까이 비추던 아까와는 달리 고성진은 귓속말로 강규환의 성질을 건드렸다.

대꾸를 하지 않자, 고성진은 피식 웃으며 다시 혀를 놀렸다.

"소심한 건 여전하네. 그러니까 너가 맨날 나한테 여자도 뺏긴 거야. 사내새끼가 먼저 들이댈 줄 알아야지?"

그 말에 강규환은 평정을 잃었다.

다소 소심하고 내성적이던 학창 시절, 짝사랑하는 여학생을 여러 번 고성진에게 가로채임당한 기억이 떠올랐기 때문이다.

"너만큼은 이기고 만다!"

강규환이 성난 황소처럼 밀어붙이자, 고성진은 중심을 잃고 뒤로 넘어지는 듯했다.

"와아아!"

우상 팀의 환호가 끝나기도 전에, 허공에서 둘의 몸 위치가 한순간에 뒤바뀌었다.

철퍼덕!

잠시 후, 자욱하게 피어오르는 먼지가 걷히자 바닥에 등을 댄 채 깔려 있는 강규환의 모습이 보였다.

삐익!

"천찢 팀 승리! 현재 스코어 2 대 0!"

태웅은 그 모습을 보고 혀를 끌끌 찼다.

저렇게 쉽게 말려들다니…….

물론 강규환도 나름 자신의 힘과 기술에 자신이 있었기에 밀어붙였을 것이다.

하지만 상대방의 기술이 보통이 아니었다.

'대체 뭐야? 저 자식… 너무 양민 학살이잖아?'

그때 갑자기 그의 주머니에 있던 핸드폰이 진동했다.

촬영 들어갈 때 매니저한테 맡겨야 하는데 깜빡한 것 같았다.

슬쩍 꺼내 메시지를 확인해 보았다.

[고성진, 초등학교 당시 씨름 소년부 전국체전 우승!]

고성진이 연예계에 막 데뷔한 무렵인 3년 전 한 연예 매체와의 인터뷰에서 밝힌 사실이 담긴 기사였다.

링크에 들어가 확인해 보니, 고성진은 초등학교 6학년부터 중학교 2학년까지 씨름을 했던 기록이 있다.

소년부 전국체전에서 우승했다니 더 말할 필요도 없다.

강규환이 고성진을 이기는 것이 도리어 기적이다.

'가만. 그런데 누가 이런 메시지를…….'

그럼 그렇지.

보낸 사람을 확인해 보니 역시나 고 매니저다.

촬영장 한쪽 구석에서 그냥 찌그러져 있는 줄 알았는데, 어떻게 그사이에 이런 기사까지 검색해서 전송해 줬을까?

어쨌든 왜 종목을 굳이 씨름으로 택했는지 이제야 이해가 되었다.

치사한 놈들.

꼭 그렇게까지 해서 경쟁작의 기를 꺾고 싶은 건가?

'하는 짓이 마음에 안 들어.'

태웅은 은근히 분노가 치솟았다.

강규환이 물에 젖은 생쥐 꼴로 축 처져 돌아오자, 팀원들이 그를 격려했다.

"괜찮아. 질 수도 있지 뭘! 다음 종목에서 이기면 돼."

오영홍의 말도 귀에 들어오지 않는 듯했다.

저러고 있으면 곤란하지.

태웅은 그에게 다가가 귓가에 속삭였다.

"저 자식 중학교 때까지 씨름 했답니다. 전국체전도 우승했대요. 그러니까 당연한 결괍니다."

그 말을 들은 강규환이 잠시 멍해졌다가, 이내 분노에 사로잡힌 듯 얼굴이 붉게 달아올랐다.

"저, 저 치사한 자식들……."

"쉿! 어차피 뭐 불법도 아니고 꼼수도 아니고 실력으로 진건 사실이에요. 그러니 괜히 시끄럽게 만들지 마요."

강규환에게 단단히 당부한 태웅이 어깨를 활짝 펴고 앞으로 걸어 나갔다.

"다음 선수는 납니다."

"으잉?"

오영홍과 강남일, 에릭 카터 모두 깜짝 놀랐다.

그들이 미리 상의한 순서에 따르면 태웅은 가장 마지막 선수, 히든카드다.

그런데 지금 세 번째 순서로 나서겠다고 한다.

"태웅! 왜 그래? 발끈한 거야?"

에릭 카터가 다급한 듯 영어로 물었다.

"노. 나는 절대 흥분하지 않아. 단지 쟤네들 기 살아서 날뛰는 꼴을 보기 싫어서 그래."

역시나 영어로 대답한 태웅은 우상 팀용 빨간 샅바를 심판에게서 건네받았다.

고성진이 자신의 상대로 나서는 태웅을 보고는 피식 웃었다.

노골적인 비웃음이었지만 태웅은 여유만만했다.

'씨름 선수라… 그래 봤자 현역도 아니잖아?'

훤칠한 키에 남자답게 잘생긴 용모, 그리고 부유한 가정환경까지.

어느 하나 빠질 것 없는 금수저 고성진은 이번에도 머릿속에서 멋진 그림을 그리고 있을 것이다.

신인 배우 태웅에게 처절한 패배를 안긴 후 똥폼을 잡을 그림.

하지만 태웅은 결코 그 그림을 그리게 놔둘 생각이 없다.

"준비됐으면 시작합니다. 시… 작!"

심판의 말과 함께 고성진은 더 볼 것도 없다는 듯 발다리를 걸었다.

아까와는 달리 노골적으로 힘을 쓰는 모습이었다.

나름 체격 조건이 비슷한 강규환에게는 신중했으나, 자신에 비해 상대적으로 작은 체구인 태웅에게는 초장에 끝낼 생각을 품고 있었다.

'니 마음대로는 안 되지.'

눈물을 머금고 대량의 포인트를 써서 구입한 '미친 운동신경' 덕분일까?

태웅은 그의 공격을 여유 있게 피하면서 하체를 뒤로 빼서 무게중심을 낮추었다.

지켜보던 배우들 사이에 환호가 터져 나왔다.

"아앗! 대단합니다! 김태웅, 고성진의 발다리를 피하며 자세를 바로잡네요. 체격 조건이 밀림에도 불구하고 투혼을 발휘해 주고 있습니다!"

MC의 말이 울려 퍼지는 동안 태웅은 연달아 세 번의 공격을 피해냈다.

잔뜩 약이 오른 고성진이 기합을 지르며 아예 들어서 메쳐 버리겠다는 듯 태웅의 허리를 붙잡았다.

'어쭈?'

자칫하면 위험한 부상을 입을 수도 있는 들배지기를 시도하는 상대를 본 태웅은 사정을 봐줄 생각이 사라졌다.

"타앗!"

그는 몸을 힘껏 튕겨 단번에 허리를 잡은 상대방의 손아귀에서 빠져나왔다.

그리곤 그대로 돌진하여 그의 허리춤을 잡고 안다리를 걸었다.

"어어?"

몸이 기우뚱하며 자신도 모르는 사이 매트에 엉덩방아를 찧은 고성진이 태웅을 어리둥절하게 바라보았다.

삐익!

"김태웅 승! 전체 스코어 우상 팀 1 대 천찢 팀 2!"

호쾌한 심판의 목소리와 함께 태웅은 승리의 세레머니를 했다.

우상 팀을 비웃던 고성진에게 한 방 먹여줬다는 사실에 온몸에 짜릿한 전기가 흘렀다.

전혀 예상치 못한 패배를 당한 고성진의 얼굴은 충격으로 붉게 물들었다.

이런 꼴을 당한 경험이 많지 않아서일까?

불쾌한 기분이 드러날 정도로 표정을 감추지 못하고 있다.

저런 부정적인 모습이 그대로 시청자들의 안방에 방영이 된다면 많은 안티를 획득하게 될 가능성이 컸다.

*   *   *

뒤이어 천찢 팀의 배우 둘을 태웅은 가볍게 쓰러뜨렸다.

나름 운동신경과 체격이 좋고 힘깨나 쓰는 것 같았지만 태웅에게는 장난감에 불과했다.

다음 시합을 위해 앞으로 나서려는데, 누군가 그의 어깨를 붙잡았다.

"저건 내가 할게. 한 번만 기회를 줘."

오영홍이 만면에 웃음을 띤 채 걸어 나오는 마창욱을 싸늘한 눈으로 노려보고 있었다.

"네? 저 아직 지지도 않았는데요."

"그건 상관없어. 어차피 당신 집중력도 빠진 모양이고 동기 부여도 제대로 안 되잖아? 원하는 사람에게 상품을 팔라 이거지."

원하는 상품이란 바로 마창욱을 바닥에 뒹굴게 할 기회를 뜻하는 것 같다.

"좋습니다. 대신 확실하게 발라 버려요!"

오영홍은 자신보다 훨씬 큰, 북극곰 같은 덩치의 마창욱을 상대로 기세등등하게 나섰다.

속으로 가소롭게 여기는 듯했지만 겉으로는 부드러운 신사의 미소를 잃지 않으며 마창욱이 악수를 청했다.

역시나 카메라를 의식한 오영홍도 그의 손을 잡았다.

둘은 서로의 손을 부러뜨려 버리겠다는 듯 힘껏 움켜쥐며 악력 대결을 벌였다.

한참 후 얼굴이 새빨개진 후에야 둘은 떨어졌다.

'저 고깃덩어리를 이길 수 있을까?'

오영홍의 신체 능력은 알고 있었지만, 아무래도 저 인간 백정 같은 몸을 한 인간을 이길 수 있을 것 같진 않았다.

"시작!"

서로의 샅바를 쥐고 흔들던 두 사람은 한순간 서로 맞붙었고, 바로 승부가 나버렸다.

삐익!

"오영홍 승! 최종 스코어 5 대 2, 우상 팀 승리!"

더할 나위 없는 화끈한 승리!

오영홍은 멍하니 주저앉아 있는 마창욱을 보며 '넌 안 돼'

라는 듯 손가락을 좌우로 흔들었다.

다소 싱거운 싸움에 태웅은 김이 새버렸다.

'역시 여자나 때리는 놈은 별 볼 일 없군.'

　뒤이어 벌어진 멀리 던지기, 풋살, 오래달리기 대결 모두 우상 팀의 완벽한 압승으로 끝났다.

　일등 공신은 바로 김태웅으로, 특히 오래달리기에서는 처음부터 끝까지 전력 질주라는 말도 안 되는 괴력을 선보였다.

　나름 체력에 자신 있는 천지를 찢다 팀이었지만 얼마 지나지 않아 턱까지 숨이 차오르는 것을 느끼며 앞서가는 전직 스턴트맨의 뒷모습만 바라보았다.

　"빌어먹을… 뭐 저런… 괴물이 다 있어?"

　마라톤 출전 경험도 있는 고성진이었지만 태웅의 미칠 듯한 체력에는 두 손 두 발 다 들어버릴 지경이었다.

이전 경기인 풋살에서도 두 개의 심장 박지성 뺨치는 활동량으로 상대 팀의 진을 빼놓았던 태웅은, 오래달리기에서도 말 그대로 미친 지구력을 뽐내며 마지막 한 바퀴는 트랙을 걸어 들어오는 여유까지 보였다.

압도적인 승리!

전의를 상실한 고성진과 마창욱은 우상 팀 앞에서 고개도 들지 못했고, 너무 지친 나머지 카메라 앞에서 토악질까지 했다.

이 방송은 고스란히 공중파를 타고 시청자들의 안방 곳곳에 방영되었다.

그에 대한 시청자들의 반응은 폭발적이었다.

—이거 뭐냐 ㅋㅋㅋ 지금까지 드림팀이 간다 보면서 이렇게 한쪽이 처발린 건 처음 봄.

—도대체 천지를 찢다 팀은 왜 나온 거? 개망신만 당하네. ㅉㅉ

—우상 팀 도핑테스트 해봐라. 특히 김태웅 미쳤다. ㅎㄷㄷㄷ

—우상 출연 배우들 완전 미친 간지네. 영화도 간지에 외모도 간지에 체력도 쩔어줌.

—왠지 영화도 천찢이 발릴 거 같다에 오백 원 건다.

프로그램이 방송에 나간 후, '천지를 찢다'의 감독 유태호는 씩씩거리며 '드림팀이 간다' 제작부에 들이닥쳤다.

말리는 직원들의 손길을 뿌리치고 대뜸 피디 자리로 향한 그는 주위 신경도 쓰지 않고 윽박부터 질렀다.

"이게 뭐냐? 누구 엿 먹이려고 이러는 거야? 편집이라도 제대로 했어야지."

"나름 최선을 다해 자른 거야. 그래도 어지간히 발렸어야 좀 쓸 게 있지. 너무 일방적인 패배인데 난들 어떻게 해?"

피디 박준성이 불만을 늘어놓는 유태호 감독을 향해 볼멘소리를 했다.

"너희 애들 잘난 척하더니만 완전히 발리더라. 일부러 유리한 종목으로 다 정해줬구먼 그게 뭐야?"

"뭐? 결과가 그렇게 나오든 말든 우리 애들 띄우고 우상 애들 병신 만드는 게 니 일이었어! 어디서 큰소리야?"

이미 뒷돈을 받아먹은 박준성은 할 말이 없자, 촬영이 있어 바쁘다는 핑계로 자리를 피해 버렸다.

닭 쫓던 개가 된 유태호만 한참 동안 제작부에 화풀이를 하다가 돌아갔다.

*   *   *

마침내 영화 '우상'이 기나긴 기다림을 마치고 상영에 들어 갔다.

이와 동시에 경쟁작인 '천지를 찢다' 역시 스타트를 끊었다.

개봉 첫 주, 엎치락뒤치락하던 두 영화의 대결은 차츰 한쪽 으로 승부의 추가 기울기 시작했다.

금, 토, 일 3일 만에 200만 관객을 돌파한 우상.

한술 더 떠 300만을 가뿐히 넘어서며 앞서가던 천지를 찢 다는 이어진 작품성 논란과 독과점 논란이 불거지며 상승세 가 급격히 둔화되었다.

그에 비해 우상은 도리어 점점 입소문이 퍼지면서 상영관 을 확대하는 기염까지 토하며 승승장구했고, 2주가 지난 시점 에서 두 영화의 골든 크로스가 일어났다.

600만을 넘었지만 하루 관객 수 8만 명에 스크린 수마저 급감한 천지를 찢다.

그리고 600만을 넘어서며 하루 40만 명 이상의 관객을 동 원하는 무서운 상승세를 보인 우상!

두 영화가 상영을 종료했을 때의 최종 관객 스코어는 '우상' 1,083만 명, '천지를 찢다' 658만 명.

우상의 일방적인 승리였다.

무대 인사를 돌면서 우상의 배우와 스태프들은 축제 분위기에 흠뻑 빠져들었다.

한국 영화사에 남을 역대급 액션 누아르라는 비평가들의 찬사가 쏟아졌고, 인터넷상에서는 연일 영화의 명대사를 패러디하거나 특정 장면을 따라한 UCC 영상이 화제가 되는 등 이슈까지 활발하게 일어났다.

그중 가장 많은 화제가 되었던 장면은 역시나 최종 결전 직전의 에스컬레이터 신이었다.

태웅이 직접 스토리보드까지 그리면서 기획했던 에스컬레이터 신은 근래 보기 드문 미학적이면서도 인간의 거친 본능을 자극하는 폭력적인 액션 신이라는 평가를 받았다.

배우들의 명연기 또한 많은 이야깃거리를 낳았다.

오영홍은 이제 완전히 연기에 물이 올랐다는 평가를 받았고, 할리우드 진출이 초읽기에 들어갔다는 소문이 여기저기서 들려왔다.

강규환 역시 과거의 곱상한 꽃미남 이미지에서 벗어나, 이제는 선 굵은 연기도 능숙하게 소화하는 진정한 '배우'가 됐다는 평가였다.

유지니 역시 걸 크러시에서부터 팜므파탈까지 소화할 수

있는 몇 안 되는 여배우로, 한국 영화계의 소중한 자산으로 급부상했다.

물론 사람들의 뇌리에 가장 강렬한 충격을 준 배우는 따로 있었다.

정신분열증에 가까운 예민한 내면을 가진 남자, 음악 프로듀서 '휘빈' 역할을 맡은 배우 김태웅.

그는 이전에 맡았던 유머러스한 캐릭터에서 벗어나 액션 연기와 복잡한 내면 연기를 완벽하게 소화함으로써 이미지 변신에 완벽하게 성공했다.

그의 사진을 보거나 얘기만 들어도 웃음을 터뜨리던 사람들조차 이제는 그를 분위기 있는 배우라고 느끼기 시작했다.

―배우에게 가장 어려운 게 이미지 변신인데 말이야, 그걸 그렇게 간단하게 성공하다니 대단한 배우야.

―그러게. 이제 누가 김태웅을 황갈이라고 부르겠어? 사람들의 뇌리에는 이제 우상에서 멋지게 피아노를 연주하고 액션 신을 소화하는 휘빈의 모습밖에 남아 있지 않단 말이지.

여기저기서 태웅에 대해 입방아를 찧어댔다.

그만큼 화제의 중심에 서 있다는 얘기다.

'이 또한 지나가리라.'

그는 한가한 평일 오전 집에서 TV를 보며 혼자 빈둥거리고 있었다.

태선은 청담동 의상실 제휴 일로 요즘 아침 일찍부터 바빠서 얼굴을 볼 틈이 많지 않았다.

반면 그는 전혀 바쁘지 않았다.

영화 홍보 일정도 다 끝나고 이제 새로 들어오는 시나리오를 검토하면 된다.

몇 개의 CF 및 예능 출연 요청 등 다양한 제안이 그를 기다리고 있었다.

어젯밤 고서윤이 책상 위에 산더미처럼 쌓아놓고 간 서류들을 힐끗 본 그는 미간을 찌푸렸다.

'어휴, 지겨워. 저걸 언제 다 본담.'

알파고에게 검토를 시켜볼까, 라고 생각하고 있는 와중에 익숙한 소리가 들려왔다.

[미션─천만 관객 돌파를 달성하였습니다.]
[영화 '우상'의 개봉을 무사히 마쳤습니다.]
[미션 달성 보상으로 라이프 포인트 200이 주어집니다.]

귓가에 울려 퍼지는 시스템의 메시지를 들으며 태웅은 안도의 한숨을 쉬었다.

그동안 영화 후반 작업과 개봉 준비 등 촬영 후에도 많은 시간이 흘렀다.

그래서 보다 넉넉한 라이프 포인트가 필요했던 참이다.

다시 추가된 포인트로 인해 300일 정도의 시간이 생겼다.

'그런데 이 정도면 그놈의 목표를 달성한 것 아닌가?'

문득 그는 처음 태웅의 몸으로 깨어났을 때의 시스템 메시지를 떠올렸다.

[당신은 원래 몸의 주인, 김태웅의 꿈을 이뤄줘야 합니다.]

[미션을 달성하며 대배우의 길을 걸어가세요.]

[미션을 달성할 때마다 라이프 포인트(LP)가 주어집니다. 라이프 포인트는 매일 소모되며, 라이프 포인트가 0이 되면 당신은 죽게 됩니다.]

[최종 목표를 달성할 경우, 라이프 포인트의 제한이 없어지고 죽음의 공포에서 해방됩니다.]

시스템의 구속에서 벗어나려면 새로운 몸의 원래 주인인 태웅이 가지고 있었던 최종 목표 '배우의 꿈'을 이뤄야 한다고 했다.

이제 드라마에도 출연하고 영화에도 출연했다.

천만 관객도 달성하고 CF도 찍고 예능에도 출연했다.

대체 언제쯤 가야 원래 태웅의 꿈을 완전히 이루고 이 지겨운 미션의 굴레에서 벗어날 수 있는 걸까?

주연을 한 열 번쯤 하고, 영화제 남우주연상과 대상을 수상하고, 출연료로 수십, 수백억을 받아야 하는 걸까?

'도대체 그 최종 목표란 게 뭐야? 빌어먹을……'

살날을 계속 계산하면서 미선이 뜨기만을 조마조마하게 기다려야 하는 나날들은 이제 그만 끝내고 싶은 마음이었다.

[첫 영화 출연 보상으로 '시스템의 요정'을 자유롭게 소환할 수 있습니다.]

[시스템의 요정은 임의로 컨트롤이 불가능하며, 어드바이스 기능 외에는 사용하실 수 없습니다.]

[요정의 커스터마이징은 임의로 지원되므로, 함부로 외모 및 기타 기능을 설정할 수 없습니다.]

'으잉?'

갑자기 뜬금없는 메시지가 나타나자 그는 적잖이 놀랐다.

첫 영화를 찍었다고 뜨는 튜토리얼 보상 같은 건가?

'근데 시스템의 요정은 오한수잖아?'

처음 드라마를 찍을 때 현장에 있는 조연 배우인 척 자신을 속여먹었던 중년의 아저씨.

알고 보니 누구도 그 존재를 알지 못했었다.

"그래. 생각해 보니 그 자식 말고는 이걸 알려줄 사람이 없어."

시스템에 대해 알고 있다면 어떻게 최종 목표를 달성하고, 어떻게 죽음의 공포에서 해방되어 자유로운 삶을 살 수 있게 될지 말해줄 수도 있을 것이다.

'나와라, 시스템의 요정!'

그의 말과 동시에 눈앞에 희뿌연 그림자가 나타났다.

반쯤 벗겨진 머리에 땅딸막한 몸.

그리고 산만 한 배와 주름 하나 없는 맑은 얼굴의 중년 사나이.

'아무리 봐도… 어떻게 저런 거에 요정이라는 단어를 붙일 수가 있지?'

그는 치를 떨었다.

눈앞에 나타난 오한수는 얼떨떨한 표정을 지으며 주위를 둘러보곤 크게 하품을 했다.

"뭐야, 이거? 난 분명 겨울잠을 자고 있었는데……."

"지금 한여름이야."

"어라? 네 녀석… 혹시 네가 날 깨웠냐?"

깨웠다고 하기엔 좀 그렇지만 어쨌든 그를 자극해 일어나게 한 건 확실하다.

"그렇다고 할 수 있겠네."

"거참… 내가 분명 그때 앞으로 만날 일 없을 거라고 했는데 왜 깨웠어? 나 졸리니까 용건만 간단히 하자."

그는 귀찮다는 표정으로 다시 한번 늘어지게 하품을 했다.

"시스템 너 말이야. 도대체 최종 목표가 뭐야?"

"최종 목표?"

태웅의 말에 그는 심드렁하게 하품을 했다.

무성의해 보이는 태도에 은근히 화가 치솟았다.

"넌 시스템의 요정이니까 알고 있겠지. 도대체 내가 이 빌어먹을 굴레에서 해방될 수 있는 그 최종 목표가 뭔데?"

"아, 그거? 애당초 말하지 않았냐? 대배우가 되라고."

"그러니까 대배우의 기준이 뭔데?"

"기준? 흐음… 그러니까……."

설마 모르는 건 아니겠지?

"라이더 베스 정도. 그 수준이면 되겠다."

"뭐, 뭐라고?"

자신의 전생 수준으로 올라서기 위해서는 보통의 노력과 운으로는 불가능하다.

세계 최고의 슈퍼스타, 할리우드의 대배우.

그 위치로 또 올라갈 수 있기나 할까?

"다 뜻이 있는 곳에 길이 있다지 않냐. 알았으면 이제 그만

하고 열심히 노력이나 해라."

"노력은 언제나 하고 있어. 세상엔 노력으로만 안 되는 일
이 많으니까 그렇지."

"그렇다면 내가 언제든 도와주지. 내 도움을 받으면 못할
일은 없을걸."

전혀 그렇게 보이지는 않는다.

"네가 뭘 해줄 수 있는데?"

"아주 많은 것들."

"그러니까 그게 뭐냐고."

"일단 잠 조금만 더 자고 말해줄게. 지금은 너무 졸려서 생
각이 안 나."

그 말과 함께 그는 다시 태웅의 눈앞에서 사라졌다.

아무래도 괜한 짓을 한 게 아닌가 하는 생각에 태웅은 혀
를 찼다.

*   *   *

'드림팀이 간다'의 출연으로 일약 예능 블루칩이 되어버린
태웅에게 수많은 예능프로그램 출연 요청이 쏟아졌다.

윤철은 즐거운 비명을 질렀지만, 문제는 태웅이 이것을 받
아들이지 않는다는 점이었다.

지난번엔 영화 우상의 홍보 문제로 어쩔 수 없이 출연한 것이지만 평소라면 얘기가 다르다.

그래서인지 윤철도 이제는 단념 직전이었다.

"그런데 이번엔 좀 달라."

윤철의 말에 태웅은 심드렁한 얼굴로 물었다.

"뭐가 다른데?"

"노튼 베어울프 알지?"

당연히 알다마다.

세계적으로 유명한 방송인으로, 지난번 내한하여 우상의 촬영장에 방문했었다.

이야기도 나누고 함께 영화 촬영까지 한 사이 아닌가.

위험한 야생에서 살아남는 법을 가르치는 생존 전문가.

"노튼이 왜?"

"그 사람한테 방금 연락 왔는데. 너보고 유스 곤 와일드에 출연해 달라고 하는데?"

"뭐?"

태웅의 놀란 목소리가 사무실 안에 울려 퍼졌다.

*   *   *

영국으로 돌아간 노튼 베어울프는 자신의 리얼리티 프로그램 '유스 곤 와일드(Youth Gone Wild)' 시즌2를 준비하고 있었다.

시즌1은 생존 전문가인 그가 세계의 유명한 험지를 탐방하며 맨손으로 생존해 나가는 과정을 보여줌으로써 폭발적인 인기를 끌었다.

시즌1의 엄청난 인기에 힘입어 제작되는 시즌2부터는 유럽, 아프리카, 오세아니아, 아메리카, 아시아 등 각 지역을 선정하여 모험을 하는 콘셉트를 잡았다.

그리고 혼자 하기보다 파트너와 함께하는 것이 좀 더 볼거리를 풍성하게 해줄 수 있다는 제작진의 조언이 있었다.

처음에는 단순히 국제적으로 유명한 스타를 선정할 계획이었다.

하지만 여러 번의 논의 끝에 실제로 생존에 적절한 인물을 쓰기로 했다.

노튼 베어울프의 강력한 주장 때문이었다.

어떠한 트릭이나 설정도 없는 위험한 프로그램이기 때문에 파트너는 실제로 야생에서 생존할 수 있는 강인한 사람이어야 했다.

"좋아요, 노튼. 그럼 당신은 누굴 생각하고 있죠?"

피디 그리빈의 질문에 노튼이 대답했다.

"내가 얼마 전에 한국에 갔다 왔거든. 거기서 아주 적격인 사람을 봤어. 영화배우인데, 아직 크게 유명하진 않지만 엄청나게 유망한 친구야. 그리고 우리 일에 딱 적격이지."

"어떤 면에서요?"

"일단 그 친구는 전직 스턴트맨이야. 모든 액션 연기를 대역 없이 직접 소화하는 것은 물론이고 근사한 액션 신을 기획하기도 해. 그리고 영어도 자유자재로 구사해서 의사소통에도 전혀 문제가 없지."

"그리고?"

"성격도 모난 데 없이 긍정적이고 이상할 정도로 지치지 않아. 타고난 무쇠 체력이라고나 할까?"

"괜찮긴 한데, 그 정도 조건을 가진 사람은 많잖아요?"

피디의 말에 담긴 뜻을 알아챈 노튼이 씨익 웃었다.

"왜 굳이 그냐는 거지?"

사실 명확한 이유를 노튼 자신도 알 수 없었다.

이상하게 처음 봤을 때부터 왠지 모를 아우라가 흘러나오는 기분이었다.

세계적인 방송인인 그의 앞에서 조금도 위축되거나 어색해하지 않는 당당함.

그리고 한 분야의 정점에 오른 사람에게서 보이는 특유의 여유로움과 까칠함.

우상이 그의 첫 영화라는 사실을 들었을 때 노튼은 깜짝 놀랐다.

도저히 신인 배우로는 보이지 않았기 때문이다.

'차마 의지하고 싶었다고 말은 못하겠군.'

생존 전문가인 그조차도 극한의 환경에서 끝도 없는 공포가 밀려올 때가 있었다.

그럴 때면 두려움과 외로움, 후회로 하루에 수십 번씩 프로그램을 때려치우고 싶은 기분이 들었다.

그래서 이번에 파트너를 선정하는 것은 그러한 괴로움을 보완하기 위한 이유도 있다.

김태웅.

이상하게 의지하고 싶어지는 배우.

"말로 표현 못하겠어요?"

"그래. 그냥 이 사람이 적격이다 싶었어. 느낌이 왔지."

피디 그리빈은 한숨을 쉬었다.

"그건 중대한 이유네요. 당신만큼 야생의 직감이 발달한 사람이 어디 있겠어요? 그런 당신에게 느낌이 왔다면 다른 사람을 찾을 필요는 없죠."

그리빈은 노튼의 의견을 받아들였다.

물론 제작진이 오케이한다고 해서 섭외가 가능할 수 있을지는 미지수였다.

세계적인 프로그램이니만큼 출연한다면 어마어마한 인지도

를 얻고 스타가 될 수 있는 기회다.

하지만 너무 위험하기 때문에 죽거나 크게 다칠 수도 있다.

실제로 수많은 예능 프로그램에서 죽은 사람들이 적지 않다.

"그럼 섭외 들어갈게요."

"고마워. 역시 자넨 멋진 친구야."

"공치사는 됐고, 로케이션 얘기 좀 해요. 시즌2는 주 무대가 아시아 쪽인데, 처음은 어디 생각하고 있어요?"

시즌2의 시작이 될 장소.

노튼은 잠시 고민을 한 후, 천천히 입을 열었다.

"한국이 좋겠어."

       *   *   *

우상의 천만 관객 돌파 후 무수히 많은 시나리오가 태웅에게 도착했다.

영화와 드라마, 연극과 뮤지컬까지……

그뿐 아니라 CF와 라디오 DJ 제안은 물론, 음반 발매 제의까지 들어왔다.

'한 번 뜨니까 장난 아니군.'

역시나 연예인은 모 아니면 도.

쥐뿔도 없을 때는 그야말로 손가락 빨면서 극빈층 수준의 수입이지만, 일단 터지기만 하면 들어오는 돈과 명예의 단위가 다르다.

'다음은 뭘 해볼까? 일단 세계적인 대스타가 되려면 한국 정도는 빨리 씹어 먹어줘야 하는데……'

시스템의 요정 오한수에게 물어본 바, 포인트의 제약에서 벗어나 자유롭게 살기 위해서는 전생 수준의 스타가 되어야 한다.

말이 쉽지, 그런 전무후무한 대배우가 되는 건 쉬운 게 아니었다.

단순히 연기력으로만 될 수 있는 것도 아니고 스타성이 필요하다.

"뭘 그렇게 골똘히 생각해? 밥상 앞에서는 밥에 집중해야지."

태선이 그를 흘기며 타박을 준다.

얘는 자기 일을 그렇게 열심히 하면서도 바쁜 와중에 항상 오빠 밥은 직접 해먹이려고 한다.

꼭 어머니 역할을 대신하는 것 같아서 안쓰럽기도 하고 한 편으론 기특했다.

"그냥 입맛이 없어서 그래."

"홍삼이랑 비타민 꼭 챙겨먹어. 눈앞에 들이밀어야 먹지 말고."

동생과 함께 사는 이상 건강관리는 문제없을 것 같았다.

딩동—

벨이 울리자, 태선이 나가서 문을 열었다.

고서윤이 들어오면서 태선과 태웅에게 깍듯이 고개를 숙여 인사했다.

"식사하고 계셨군요."

"안 먹었으면 와서 같이 먹어."

"한 시간 전에 먹었습니다. 괜찮습니다."

그는 식탁 위를 눈으로 빠르게 스캔하더니 입을 열었다.

"영양 밸런스가 완벽하군요. 형님의 체중이나 건강 상태에 딱 맞는 적합한 맞춤형 식단으로 보입니다. 역시 동생분의 능력은 대단하시군요."

'…뭐라는 거야? 설마 한 번 식탁 메뉴를 본 것만으로도 그런 걸 알 수 있는 건가?'

말도 안 된다고 생각했지만 왠지 이 인간이라면 가능할 것도 같아서 태웅은 식은땀이 났다.

"내 영양 상태는 어떻게 아는데?"

"건강검진 받으신 기록 저한테 주셨지 않습니까? 전문의와 피지컬 트레이너에게 감수를 받았죠. 결과는 제 머릿속에 저. 장. 돼. 있습니다."

'저장'이라는 단어를 말할 때, 그가 갑자기 두 손의 검지와 엄지를 이용해 사각형을 만들었다.

요즘 유행하는 모 오디션 프로그램에서 나온 손동작이다.

한 아이돌 연습생이 '국민 프로듀서 님들, 내 마음속에 저! 장!'이라는 말을 하면서 했던 손짓이었다.

"푸합!"

물을 마시고 있던 태선이 그걸 보고 입에 있던 물을 뿜어버렸다.

"뭐, 뭐 하시는 거에요? 푸하하하하."

저렇게 어색할 수가!

태웅이 지금껏 본 것 중 가장 이상한 '저장'이었다.

"식사 시간에 일 얘기를 하니 너무 딱딱할 것 같아 잠시 유머를 첨가해 봤습니다. 재밌으셨다니 기쁩니다."

태선은 완전히 빵 터져서 식탁 아래서 배를 움켜쥐고 데굴데굴 구르고 있었다.

태웅 역시 어안이 벙벙하여 그를 빤히 쳐다보았다.

"재미 없으셨습니까?"

"아니, 재밌어. 그런데 무슨 일로 왔어?"

"잊으셨나 보군요. 말씀하신 보고서 가져왔습니다."

그제야 태웅은 그가 왜 이 시간에 갑자기 집에 왔는지 떠올랐다.

출연 제안이 들어온 드라마와 영화 시나리오에 대한 검토 및 관계자들에 대한 정보 조사를 시켰었다.

일개 로드매니저가 하기엔 어려운 임무일 수도 있지만, 왠지 고서윤이라면 완벽하게 해낼 것 같아서였다.

"제작사와 감독, 스태프, 그리고 친한 배우들에 대해서까지 알아봤습니다. 이들 중 문제가 없을 것 같은 작품을 고르시면 됩니다."

신중한 작품 선정을 위해서는 시나리오 하나만 봐선 안 된다.

누가 제작할 것인지와 누가 연출할 것인지, 그리고 그들이 어떠한 상황에 처해 있는지에 대한 정보가 필요했다.

사실 로드매니저가 할 일이라기보다는 회사의 기획 팀 직원이 할 만한 일이다.

하지만 지금은 기획 팀이 없잖아?

그러니까 이렇게 매니저한테 떠맡기지 않으면 안 될 거야, 아마.

"그래, 잘했어. 이제 가봐."

"참, 노튼 베어울프 씨 제안은 어떻게 하실 거죠?"

"윤철이가 물어봐?"

"네, 일단 떠보라고 하시더군요."

"내가 오리 배냐, 떠보게? 암튼 좀 더 생각해 본다고 얘기

해줘."

"알겠습니다. 그럼 맛점하십시오."

그가 사라지고 난 후 태선은 아직도 여운이 가시지 않은 듯 목소리를 파르르 떨며 말했다.

"오빠, 저 아저씨 너무 웃겨. 그냥 개그맨 시켜."

"세상에 저렇게 기계 같은 개그맨이 어딨냐?"

동생의 말을 타박한 후 그는 고서윤이 작성해 온 파일을 차근차근 훑어보았다.

일목요연하게 정리된 문서들을 보니 감탄하지 않을 수 없었다.

'뒷조사 같은 것도 시키면 잘하겠는데?'

그는 노튼 베어울프의 제안을 떠올리며 빙긋 웃었다.

전생에서도 받은 적이 없었던 '유스 곤 와일드'의 출연 제의!

이런 기회가 올 줄은 상상도 못 했다.

유명인들을 자기 프로그램에 간혹 초대하는 노튼이었지만, 태웅은 아직 그 프로그램에 초대받을 정도의 입지는 아니었다.

촬영하는 게 고역일 테지만 한 번 정도 간단하게 출연하면 인지도도 올라갈 것이고 나쁠 게 없다.

'고정으로 하는 것도 아닐 테고, 가급적이면 좀 소프트한 곳으로 가자고 해야겠다.'

그는 테이블에 쌓인 시나리오 책을 천천히 하나씩 훑어보았다.

총 일곱 개의 시나리오가 도착했는데, 고르고 골라 그중 문제없고 퀄리티도 좋은 시나리오 두 개 정도를 뽑았다.

일제시대를 배경으로, 포로수용소에서 탈출한 주인공이 눈 덮인 산맥과 골짜기를 넘어 집으로 귀환하는 내용의 영화 '결심, 하다'.

실화를 모티브로 한 이 영화는 블라디보스토크에서 혼자 살다가 죽은 결심이란 이름의 조선인이 남긴 수기를 통해, 과거 태평양전쟁 시절 있었던 그의 고통스럽지만 찬란한 인간 승리의 기적을 펼쳐 보인다.

군더더기 없이 깔끔한 시나리오, 늘 안정적인 연출을 보증하는 배준화 감독이 연출을 맡았다.

제작사는 익스트림하이.

워낙 업계에서 자리 잡은 지 오래된 업체로 고리타분한 느낌도 있지만 안정성이란 면에서는 믿고 갈 만한 곳이다.

투자도 잘 받고 파산할 리도 없으며 경영지표도 안정적인 건실한 제작사였다.

다른 하나는 이색적인 판타지 로맨스 영화 '치명적 러브'.

시중에 갑자기 원인을 알 수 없는 괴상한 바이러스가 돌기 시작한다.

이름하여 '치명적이고도 파괴적인 러브 바이러스(Fatal Destructive Love Virus)'.

줄여서 FDLV라는 이 괴상한 이름의 바이러스는 '사랑을 하지 않으면 죽는 바이러스'였다.

그와 반대로 사랑을 하면 죽는 바이러스(Anti FDLV) 또한 돌게 된다.

FDLV의 백신 혹은 치료제로 만들어진 바이러스로, 유전적인 변이를 일으켜 시중에 퍼지면서 역시 문제가 생기게 된다.

각각의 바이러스에 걸린 두 남녀 주인공을 등장시켜, 사랑에 대한 정의와 진정한 가치에 대해 이야기하는 참신한 영화였다.

제작사는 생긴 지 얼마 되지 않은 시베리안댕댕이.

직접 연출한 독립 영화로 세계 유수의 영화제에서 여러 차례 수상한 젊고 유망한 여류 감독 송하나가 메가폰을 잡는다.

'우와, 이거 무지 고민되네.'

둘 다 고유한 매력이 넘치는 작품이었다.

'결심, 하다'는 대자연을 배경으로 펼쳐지는 웅장한 생존 드라마.

촬영이 빡세기는 하겠지만 주인공에게 모든 포커스가 집중되기에 그만큼 이점이 있다.

영화만 잘빠지면 무조건 주인공이 뜰 수밖에 없다.

'치명적 러브' 역시 참신하기 그지없는 판타지 로맨스로, 여주인공 항목에는 '상큼 발랄한 여배우'를 캐스팅할 예정이라고 되어 있었다.

이런 영화는 잘만 찍으면 시대의 아이콘이 될 수 있다.

그는 소파에 앉아서 천천히 두 작품의 시나리오를 탐독했다.

속독 실력으로 인해 금세 두툼한 두께의 대본 두 개를 독파할 수 있었다.

다 읽고 난 후 그는 긴 한숨을 쉬었다.

하나라도 삐끗하는 대본이 있으면 좋았을 텐데, 둘 다 좋아서 도리어 고르기가 더 어려워졌다.

'그냥 두 개 다 하면 안 되나?'

               *   *   *

오랜만에 사무실로 출근한 태웅은 윤철을 비롯한 실버문 식구들과 차기작에 대한 이야기를 나눴다.

그가 받은 시나리오 중 두 개의 작품이 가장 괜찮다는 데에는 이견이 없었다.

시기상으로 보자면 '결심, 하다'의 크랭크인은 12월 예정이

며 '치명적 러브'의 경우는 기약은 없었으나 3월 정도가 될 것
이란 소문이 있었다.

영화의 촬영 기간이 천차만별이긴 하지만 대략 6개월 이상
이라고 보면 두 작품의 촬영 시기가 겹쳐 버리기에, 한 작품을
선택해야 하는 것이다.

"아직 시간은 있으니까 조금 더 생각해 봐."

윤철의 말에도 태웅은 마음이 급했다.

두 작품 모두 흥행과 작품성 면에서 싹수가 보였다.

그리고 어차피 찍어야 한다면 결정은 빠를수록 좋았다.

"그래. 급할 게 뭐 있냐? 난 아직도 촬영에 안 들어갔는데."

홍구가 울적한 목소리로 말했다.

왕이반 감독의 퀴어 신작에 캐스팅되었지만 아직도 크랭크
인이 들어가지 않았던 것이다.

아직 괜찮은 투자처가 없어서인지 제작에 어려움을 겪고
있는 것 같았다.

퀴어 영화가 대중성이 있는 편은 아니고, 배우도 신인들이
니 그럴 법도 했다.

"그냥 다시 네 로드매니저가 할까 봐. 할 일도 없으니……."

"누가 시켜준대? 여긴 자리 없어. 무적의 매니저가 있는 거
모르냐?"

윤철이 피식 웃으며 고서윤을 가리켰다.

오늘도 단정한 캐주얼에 깔끔한 운동화를 신고 출근한 그는 미동도 없이 구석 의자에 정자세로 앉아 있었다.

소파에 앉으라고 해도 요지부동이었다.

다리를 튼튼하게 하기 위함이라나?

"쟤 어떻게 이길래? 답 안 나와. 포기해."

홍구는 그에게 시선을 던졌다가 이내 몸서리를 쳤다.

첫 만남의 강렬했던 기억이 되살아나는 듯했다.

"무슨 매니저가 아니라 인간 병기를 갖다놨어?"

스턴트맨 생활로 잔뼈가 굵은 그조차도 고서윤을 보면 은근히 두려움이 일었다.

고서윤이 던진 쇠 젓가락에 꿰뚫린 채 벽에서 발버둥 치는 꿈까지 꾸었다.

태웅은 좌절하는 홍구를 보며 웃다가 문득 한 가지 생각이 머리를 스쳤다.

"참, 마가린 새 앨범은 어떻게 됐어?"

"저명하신 프로듀서 불낙이가 아직 곡을 안 주고 있어서 차일피일 미뤄지는 중이다. 이러다가 다 나가리되는 거 아닌지 몰라."

"뭐라고?"

태웅은 어이가 없었다.

3대 기획사 YMA의 히트곡 제조기로, 윤철이 어렵사리 곡을 받아낸 스타 프로듀서 불낙.

곡을 주기로 한 지가 언젠데 아직도 안 줬다는 말인가?

"나도 계속 얘기하고 있는데 진척이 없네."

윤철이 민망한 듯 뒤통수를 긁적였다.

태웅 역시 한숨이 났다.

영화를 마무리하고 제법 한가한 편이었음에도 그녀에게 신경을 미처 못 써준 것이 은근히 미안했다.

그는 바로 마가린에게 전화를 걸었다.

ㅡ무슨 일이에요?

"뭐해? 사무실 안 나오고."

ㅡ알바 중인데요. 그리고 일이 있어야 나가죠.

"일 있어. 나와."

ㅡ무슨 일?

"앨범 만들어야지. 이제 사무실에 녹음실도 만들 거야."

ㅡ정말이요?

"그럼. 나 영화도 잘되고 CF도 찍었잖아. 회사에 돈 많이 들어오니까 우리 정 대표가 다 해준대. 그러니까 얼른 나와."

ㅡ그럼 이따 알바 끝나고 저녁에 바로 나갈게요!

통화를 마치자 태웅을 지켜보던 윤철이 어처구니가 없는 듯 말했다.

"갑자기 웬 녹음실? 그런 뻥을 치면 어떻게 해?"

"삥이 아니면 되지."

"엥?"

"내 러닝개런티 입금되면 바로 마가린 연습실하고 녹음실 만들자."

우상의 성공으로 인해 입금될 러닝개런티는 아마 10억 원에 육박할 것이다.

별다른 경력도 없는 그에게 계약서에 러닝개런티 조항을 넣도록 해준 게 최수빈이었다.

'쩝, 나중에 고맙다는 인사라도 해야겠네.'

어떻게 보면 분명 은인인데, 이상하게 밉상이었다.

윤철은 건물주에게 연락을 했고, 공실이 된 옆 사무실을 임대한 후 아예 둘 사이를 트는 확장 공사를 하기로 했다.

"가린이가 엄청 좋아하겠네. 내가 다 고맙다. 야."

윤철의 말에 태웅은 멋쩍어져서 말을 돌렸다.

"슬슬 춥다. 난방이나 틀자."

"그럼! 아낌없이 틀어야지! 우리 실버문 식구들 안 춥게!"

윤철이 기분 좋은 듯 보일러를 틀었다.

이제 점점 날씨도 추워지는데 난방비를 아끼지 않아도 될 만큼 돈을 벌어서 태웅은 다행이란 생각이 들었다.

가만 있자… 난방?

"맞다! 잊고 있었네?"

그는 자리에서 벌떡 일어나 윤철에게 외쳤다.

"지금 바로 기자들 좀 불러줘!"

＊　　　　＊　　　　＊

서울 한복판에 위치한 달동네에는 판잣집들이 가득했다.

철거 예정인 지역으로 시공사를 선정하지 못하여 무기한 연기가 된 곳에 독거노인과 결손가정 아이들을 비롯한 어려운 이웃들이 힘겨운 삶을 이어가고 있었다.

"안녕하세요. NBS 오승환입니다. 여기는 바로 서울 강남구에 위치한 판자촌인데요. 이렇게 다 쓰러져 가는 집들에 아직 많은 사람들이 살고 있습니다. 벌써부터 아침저녁으로 쌀쌀하기 그지없는데요. 이제 겨울이 되면 난방비를 내지 못하는 이곳의 주민들은 덜덜 떨며 모진 추위를 견뎌야 합니다. 이럴 때 따뜻한 마음으로 기부와 자원봉사를 하실 영화배우, 김태웅 씨를 모셨습니다!"

아나운서의 말과 함께 태웅이 카메라 앞에 등장했다.

공중파방송국 NBS 생활정보프로그램 '6시 마음의 고향'의 겨울맞이 특집 코너!

사랑의 연탄 나눔 봉사 현장 촬영이었다.

그와 같이 나란히 서 있는 인물은 바로 금남일보 우완태 기자!

그의 얼굴은 마치 전 재산을 잃은 것처럼 창백해져 있었다.

"네, 어쩌다가 이런 봉사 활동을 추진하게 되셨나요?"

아나운서의 질문에 태웅은 힘차게 대답했다.

"제가 출연한 영화 우상의 제작 발표회 현장에서 천만 관객을 목표로 약속을 내걸었습니다."

"그렇군요! 무슨 약속이죠?"

"천만 관객을 달성하지 못할 경우 제가 누드집을 찍고 수익금을 전액 기부하는 겁니다."

"하하하. 달성 못하셨으면 큰일 나셨을 뻔했네요. 물론 여성 팬들은 적지 않은 기대를 했을 것 같지만요!"

너스레를 떤 아나운서가 궁금한 듯 물었다.

"그럼 천만 관객을 달성했을 경우에는 어떻게 되는 건가요? 이미 우상은 천만 관객을 훌쩍 넘어섰는데……."

"그때는 바로 여기 우완태 기자님께서 저와 같이 사랑의 연탄 나눔 봉사 활동을 하시기로 하셨죠. 우 기자님께서 절대 달성 못 할 거라고 하셨거든요."

"아이고, 우 기자님께서 너무 우기셨나 봐요? 하하하하하."

아무도 웃지 않는 썰렁한 농담을 한 아나운서가 싸해진 분위기를 수습하려는 듯 곧장 말을 이었다.

"어쨌든 영화 우상의 흥행으로 인해 이렇게 뜻깊은 행사를 하게 된 것 같아 다행입니다. 그럼 두 분 오늘 하루 열심히 일해주시기 바랄게요! 감사합니다!"

"네, 감사합니다. 시청자 여러분도 주위 어려운 이웃들을 위해 따뜻한 배려를 나누셨으면 좋겠고요. 아래 후원 계좌로 불우이웃돕기 성금도 모집 중이니 많은 관심 부탁드립니다."

깔끔하게 멘트를 마무리한 태웅은 축 처진 우완태 기자의 어깨를 격려하듯 두드렸다.

"이렇게 좋은 일을 하게 되어 참 다행입니다. 그렇죠? 우 기자님."

"그, 그렇죠. 저도 기쁘네요……."

"별로 힘들지는 않을 겁니다. 어디 보자… 오늘 같이 나를 연탄이……."

옆에 서 있던 고서윤이 칼같이 대답했다.

"소외 계층 12가구에 총 5,000장입니다."

"아항. 별로 안 되네. 한 10분 몸 풀고 시작하시죠?"

"아, 알겠습니다."

연탄을 나를 인원은 고작 대여섯 명.

한 명당 천 장 가까이 날라야 한다는 계산이다.

우 기자는 담배를 꺼내 물고는 땅이 꺼져라 한숨을 쉬었다.

그냥 칠상파 계열의 엔터테인먼트 쪽에서 술값 좀 받아 챙기려고 평소 하던 대로 깝죽댔을 뿐인데, 이 영악한 신인 배우놈이 완전히 자신에게 빅엿을 먹여 버렸다.

정말로 우상이 천만 관객을 달성할 줄은 꿈에도 몰랐다.

그때까지만 해도 관계자들 사이에서는 개봉은 물론 촬영이나 제대로 끝낼 수 있겠느냐는 말이 많았기 때문이다.

"우 기자님? 담배 다 태우셨으면 시작하실까요?"

태웅이 사악하게 웃으며 그에게 손짓을 했다.

도살장에 끌려가는 소처럼 힘없이 걸음을 옮기면서 우완태 기자는 이를 악물었다.

'빌어먹을 자식! 어디 나만 힘들겠냐? 이렇게 된 이상 너도 한번 죽어봐라.'

내기를 걸 거면 철저히 자신에게 유리한 걸로 걸어야지, 이런 조건이면 함께 연탄을 나를 태웅 역시도 힘든 일이 아닌가?

그 사실을 떠올리며 작은 위안을 느끼는 우 기자였지만, 그가 한 가지 모르는 사실이 있었다.

태웅에게는 '미친 지구력'이 있었다는 사실을 말이다.

*   *   *

리어카에 실은 연탄 5,000장을 가파른 경사가 있는 판자촌으로 옮기는 것은 보통 일이 아니었다.

당초 계획했던 시간을 훨씬 넘겨 다음 날 새벽까지 연탄 나눔 봉사는 이어졌다.

머리부터 발끝까지 검댕을 뒤집어쓴 우완태 기자는 마지막 쉬는 시간, 세 번째로 토악질을 하고 덜덜 떨리는 손으로 입가를 훔쳤다.

'김태웅… 두고 보자!'

"어라? 우 기자님! 거기서 뭐 하세요? 어제 술 드셨어요?"

태연스럽게 자신을 바라보며 놀리는 태웅을 보고 그는 치가 떨렸다.

"그냥 속이 좀 안 좋아서……."

"아이구… 그게 다 요령이 없어서 그래요. 제가 가르쳐 드릴 테니까 잘 보고 배우세요."

태웅도 마찬가지로 검댕을 뒤집어쓰긴 했지만, 지치기는커녕 갓 잡아 올린 생선처럼 싱싱하기 그지없었다.

조금도 지치지 않은 듯 활력이 넘쳤다.

'저건 인간도 아니다. 어떻게 저럴 수가 있지……?'

신속 정확하게 연탄을 리어카에 열 맞춰 실은 태웅이 리어카를 있는 힘껏 밀며 전진했다.

가파른 경사에 좁은 골목으로 연탄 나눔 봉사를 하기 최악의 입지 조건인 판자촌!

어떻게 이런 곳을 섭외했는지 로케이션 참 기가 막혔다.

하지만 태웅은 모든 악조건에도 구애받지 않는 듯 시작부터 끝까지 지치지도 않고 연탄을 날랐다.

함께한 고서윤조차도 혀를 내두를 정도로 미친 체력이었다.

"자! 충분히 쉬셨으니 이제 저랑 같이 해보시죠! 역시 우 기자님도 기자시라 체력이 참 좋으시네요. 하하하."

한숨 돌리려는 우완태를 다시 일터로 몰아내는 태웅의 입가에 사악한 미소가 피어올랐다.

다음 날 아침, 우완태는 손가락 하나 움직일 힘도 없이 녹초가 되어 결국 아나운서가 잡아준 택시를 타고 귀가했다.

연탄 나눔 봉사 활동에 모든 힘을 소진한 그는 거짓말처럼 내리 휴가를 내고 죽음과도 같은 잠에 빠져들었다.

이후 그는 봉사 활동에서 얻은 관절 질환으로 한 달이 넘게 통원 치료를 받아야 했다.

*   *   *

일주일 후, 실버문 사무실 확장 공사가 시작되었다.

현장에는 일 없는 홍구가 남아서 구조를 안내해 주기로 했고, 윤철 역시 수시로 와서 진행 상황을 지켜보았다.

마가린은 드디어 회사 연습실과 녹음실이 생긴다는 사실에

신이 나는지 연신 히죽거렸다.

평소 잘 웃지 않는 그녀의 태도로 보아 정말 기쁜 것 같았다.

하지만 공치사를 받을 여유도 없이 태웅은 회사 앞까지 찾아온 노튼 베어울프의 방문에 놀랐다.

"오, 반가워. 노튼!"

"나도 반가워, 태웅! 그동안 잘 지냈나?"

그리 긴 시간을 함께하진 않았지만 왠지 둘은 통하는 데가 있었다.

"엄청 시끄럽지? 사무실 공사를 해서 좀 정신이 없었어."

"그래? 한번 구경하려고 했더니 아깝구면."

그는 잠시 뜸을 들이더니 본격적으로 용건을 얘기하기 시작했다.

"어때? 프로그램 출연 생각해 봤어?"

그 같은 세계적인 방송인이 한국을 방문한 김에 어느 배우의 집과 회사에 들른다는 것.

그것도 자신의 프로그램 출연 섭외를 위해서라는 사실은 상당한 이슈였다.

회사 식구들 역시 모두 우르르 구경 나와서 노튼 베어울프의 태웅의 대화를 지켜보고 있었다.

"당신의 열정에 고마워. 조금 위험하긴 하지만, 일회성이면 출연은 문제없을 것 같아."

해맑은 태웅의 말에 노튼은 당황스러운 기색을 보이더니 대동한 매니저 및 스태프들과 얘기를 나누기 시작했다.

잠시 심각해진 그는 태웅을 바라보며 재차 물었다.

"태웅, 얘기가 아마 잘못 전달된 것 같은데, 우리는 하루 촬영이 아니야. 딱 한 회만 나오는 것도 아니고."

"그럼?"

"나랑 같이 오지로 들어가는 거야. 그리고 언제 나올지는 기약이 없어. 그러니까 스케줄 많이 비워두어야 할 거야."

'아니, 이게 또 무슨 소리야?'

그는 영문을 모르겠다는 듯 연락을 담당했던 윤철을 바라보았지만, 그 역시 마찬가지인 듯 눈만 동그랗게 뜨고 있었다.

*   *   *

'단발성 출연이 아니라 아예 시즌2에서 노튼과 함께하는 고정 패널이라니!'

태웅은 살짝 어지러워졌다.

아무래도 영어가 일천한 사무실 직원들이다 보니 의사소통에 문제가 생겼던 것 같다.

'여기까지 온 정성이 있지만… 거절할까?'

갈등하던 태웅은 문득 출연을 고민하고 있는 영화 '결심, 하다'의 스토리 라인이 떠올랐다.

포로수용소에서 탈출한 조선인이 광활하고 웅장한 대지 속으로 들어가, 험난한 역경을 거쳐야 하는 스펙터클 생존물!

만약 유스 곤 와일드에 출연하여 노튼에게 야생에서의 생존 노하우를 전수받는다면?

영화 촬영을 하는 데 있어 큰 도움이 될 것 같았다.

근처의 조용한 한식당으로 이동한 두 사람.

태웅은 이미 마음속으로는 출연을 생각하고 있으면서도 겉으로는 짐짓 고민하는 기색을 비췄다.

"어때? 태웅. 난 너와 꼭 이 프로그램을 하고 싶어."

"미스터 노튼. 사실 난 한 회만 특별 게스트 같은 걸로 나오는 줄 알았다고. 전 시즌에도 그랬잖아?"

농구 선수, 미술가, 유명 CEO, 국회의원, 소설가, 힙합 가수 등 다양한 분야의 사람들이 유스 곤 와일드의 게스트로 출연했다.

그만큼 프로그램이 세계적인 인기를 끌기도 했지만, 한편으론 노튼의 섭외력이 대단하다는 뜻이기도 했다.

그의 섭외 방법은 그야말로 무데뽀.

자신의 SNS에 대놓고 특정인을 향해 꼭 나와달라고 쓰거나, 계속 거절당해도 꾸준히 찾아가서 부탁을 하는 식이었다.

거절하던 이들도 결국은 그의 지극정성에 못 이기고 끌려나와 생고생을 해야 했다.

"시즌2는 너에게도 큰 기회가 될 거야. 월드 스타로 발돋움하는 계기가 될 수 있어."

"월드 스타라……."

"함께하자, 태웅. 우리가 같이하면 굉장한 시너지 효과를 낼 수 있을 거야."

집요한 그의 부탁에 태웅은 결국 못 이기는 척 승낙했다.

프로그램 특성상 유스 곤 와일드의 촬영 준비 기간은 길었기에 당장 찍어야 하는 것도 아니다.

게다가 지옥 같은 난이도 때문인지 촬영 시간은 생각보다 훨씬 짧다는 것이 노튼의 귀띔이었다.

"의외로 부담은 굉장히 적을 거야. 그건 내가 약속하지."

"음… 오케이. 그럼 잘 배려해 줘. 아무리 내가 스턴트맨을 했다고 하지만, 어디까지나 난 일반인이라고."

"걱정하지 마. 태웅. 평생 잊지 못할 즐거운 경험을 하게 될 테니까."

노튼은 태웅이 출연해 주겠다는 말에 아이처럼 싱글벙글하며 즐거워했다.

그 정도의 인지도와 명성이라면 거만하거나 허세가 가득할 법도 하건만, 그런 부분은 전혀 보이지 않았다.

'재밌는 녀석이야. 친구로서도 나쁠 거 없겠군.'

전생에서도, 현생에서도 늘 친구가 부족했던 태웅에게 있어 그는 좋은 인연이 될 것 같았다.

물론 오래 겪어봐야 알겠지만.

"음식 나왔습니다."

점원이 주문한 음식을 가지고 왔다.

메뉴는 쭈꾸미제육볶음과 양념게장, 그리고 닭발.

테이블 위를 가득 메우는 음식들을 본 노튼의 눈이 휘둥그 레졌다.

생각해 보니 전부 다 외국인이 먹기 어려운 메뉴일 수 도……

"참, 그 말을 빼먹으면 안 되지."

태웅은 그를 보고 씨익 웃으며, 한국인 고유의 멘트를 날렸 다.

"두 유 노우 김치?"

        *   *   *

단백질을 보충하기 위해 살이 토실토실 오른 애벌레를 먹 고, 수분 보충을 위해 코끼리 똥을 짠 즙까지 마셨던 그조차 도 한국 음식 앞에서는 굴욕적인 포기 선언을 하고 말았다.

"오우, 노우! 너무 매워. 혀에서 불이 난다고! 여기 물 좀 줘!"

사우나 하듯 전신에게 땀을 뻘뻘 흘리는 노튼을 보며 태웅은 킥킥거렸다.

"물은 셀프입니다만."

어느새 쥐 죽은 듯 옆자리에 앉아 조용히 밥을 먹고 있던 고서윤의 말에 노튼은 더더욱 어이없는 얼굴이 되었다.

"거, 인정머리 없는 소리 하지 말고 빨리 갔다 줘!"

태웅의 호통에 벌떡 일어난 고서윤이 번개같이 냉장고에서 물병을 꺼내 가져왔다.

"휴우… 정말 대단하군. 한국인들은 평소 엄청난 단련을 하고 있구나."

물 한 통을 벌컥벌컥 다 마셔 버린 노튼은 진저리를 치며 감탄했다.

"이런 걸 먹을 수 있다면 식량 문제는 걱정 안 해도 될 것 같다. 다른 건 몰라도 먹는 걸 견뎌낼 수 있을지 우려했는데 안심이 된다."

"먹는 거?"

"이 프로그램에선 많은 것을 먹거든. 동물의 염통, 굼벵이, 생물고기, 소변……."

"웩!"

이번에는 태웅이 한 방 먹었다.

여기 매운 음식들은 맛있기라도 하지…….

*   *   *

우상의 흥행 이후, 영화의 내용을 다룬 기사 하나가 포털 사이트 한 구석을 조용히 장식했다.

〈천만 흥행 영화 '우상', 서울고등검사장 후보 살인 사건을 다뤘다?〉

기사의 내용은 충격적이었다.

영화 속에서 구상파의 넘버2인 진구가 조직의 안전을 위해 주도하여 벌인 테러 사건들.

그중 한 사건이 실제 어느 고위급 검사의 살인 사건과 놀랍도록 흡사하다는 내용이었다.

해당 사건은 현실에서도 영화 내용처럼 미제로 처리되었기에 더욱 의문을 자아낸다는 것이 기사의 요점이다.

만약 영화 속에 주어진 실마리들을 바탕으로 재수사를 한다면 진실을 밝혀낼 가능성도 있다는 말로 끝맺음을 하고 있었다.

하지만 그 기사는 올라온 지 세 시간 만에 조용히 내려오고 말았다.

"결국 이렇게 됐구먼."

크지 않지만 이상하게 잘 들리는 목소리.

칠상파의 메인 사업체인 나인핑거스 대표 공진수는 귓가를 차갑게 때리는 그 목소리를 듣는 순간 등줄기를 타고 전류가 흘렀다.

"죄송합니다."

"내가 조심하라 그랬지? 영화라는 게 위력이 얼마나 대단한지 아냐고."

불이 꺼진 사무실에는 창문으로 한 줄기 햇살만 가늘게 들어와 바닥에 깔린 카펫을 비추고 있었다.

"그래도 기사 올라오자마자 바로 내렸습니다. 펜대 함부로 놀린 기자 놈도 조만간 조치를 취할 생각……."

휙!

퍼억!

갑자기 날아온 재떨이에 이마를 맞은 공진수는 비명조차 지르지 못하고 그대로 무릎을 꿇었다.

"죄송합니다. 정말 죽을죄를 지었습니다."

피가 뚝뚝 떨어지는 이마를 그는 바닥에 대었다.

차마 올려다볼 수 없어 몸을 부들부들 떨었다.

만약 누군가가 그가 그러고 있는 모습을 보았다면 두 눈을 비비며 꿈인가 생신가 의심했을 것이다.

그만큼 무소불위의 힘을 휘둘렀던 칠상파의 우두머리가 이렇게 비굴한 모습을 취하고 있는 것이다.

"진수야. 내가 제일 싫어하는 게 뭔지 알지? 소 잃고 외양간 고치는 거야."

일명 VIP라 불리는 검은 실루엣은 한참 동안 창밖을 바라보다가 입을 열었다.

"이미 그 영화는 대한민국의 5분의 1이 봤어. 그게 무슨 뜻이냐면, 기사 몇 개 막는 걸로 될 일이 아니라는 거야."

영상 매체의 위력은 무섭다.

간신히 묻어둔 사건을 들쑤신 그 영화 때문에 앞으로 또 피곤한 일이 생길 것 같은 예감이 들었다.

"그 최수빈이란 놈 잘 캐봐. 도대체 어디서 갑자기 그런 천둥벌거숭이가 뚝 떨어졌는지."

"명심하겠습니다."

"그놈이 우리 약점을 잡고 있다면, 우리도 그놈 약점을 서너 개쯤은 잡고 있어야 해. 무슨 말인지 알지?"

수없이 머리를 조아리고 나온 후, 공진수는 혼이 다 빠져나갔다.

사마리아인베스트먼트의 대표 최수빈.

그 애송이 때문에 이게 뭔 꼴인지…….

처음에는 대수롭지 않게 생각했었다.

그런데 그깟 영화 하나로 이렇게까지 자신의 목에 칼을 들이대고 있는 것이다.

이제껏 했던 대로 적당히 약점 쥐고 압력 넣고, 애들 보내서 윽박지르면 해결될 거라 생각했다.

너무 안일했다.

어느 순간부터 감독은 물론, 말단 배우들까지 영화와 한 몸이 되어 단단히 뭉쳐 버렸다.

뒤늦게 캐스팅된 애송이 배우마저도 서슬 시퍼런 행동 대장 앞에서 당당했다고 하니, 처음부터 확실히 부수지 못한 게 한이었다.

지금같이 화제가 되고 있을 때는 건드릴 수 없으니, 한동안 우상의 열풍이 잠잠해지기를 기다릴 수밖에.

물론 그동안 해당 사건이 화제가 되어 퍼져 나가는 일은 절대 없어야 했다.

'시간을 들여 천천히 놈 주위를 쳐내면 돼. 혼자 남으면 제까짓 게 뭘 어쩌겠어?'

*   *   *

유스 곤 와일드에 출연하기로 한 태웅은 그날부터 열심히 체력 단련을 했다.

액션 연기에는 자신이 있었고, 싸움에도 자신이 있었다.

하지만 험난한 야생에서의 생존은 다른 문제다.

얼마나 강인하게 버티느냐, 그리고 위기 상황에서 빠르게 대처하느냐에 따라 목숨이 왔다 갔다 할 수 있다.

집 앞 공원에서 달리다 보면 어느새 많은 사람들이 그를 알아보고 귀찮게 따라붙었다.

"우와, 김태웅이다! 사인 좀 해줘요!"

"진짜 실물 깡패네! 멋있어요!"

여기저기서 핸드폰으로 사진을 찍는가 하면 사인을 해달라거나 기념 촬영을 하자며 붙었다.

하지만 딱히 거동도 못 할 정도로 무리하게 귀찮게 하지는 않았다.

'한국은 정말 매너 있는 나라야.'

지독하고 과격한 할리우드의 팬이나 기자들에 비하면 이 정도 접촉은 애들 장난이다.

때문에 그는 전생에서처럼 미친 듯이 달리며 사람들을 따돌리지 않았다.

가끔씩 멈춰 서서 기념사진도 찍어주고, 사인도 시원하게 해줬다.

그 덕분인지 인터넷에서는 태웅에 대한 미담이 속속 올라왔다.

누가 뭐라고 해도 한국에서는 아직 솔직한 것보다는 겸손하고 예의 바른 언행이 인기를 끈다.

태웅의 이러한 행동은 영화에서의 이미지 변신과 걸출한 연기력, 그리고 흥행 성공이라는 삼박자까지 겹쳐져 더한 후광효과를 일으켰다.

—김태웅 진짜 착해! 싸가지 없을 줄 알았는데 공원에서 계속 같이 운동했음. 실물로 보니 존잘이더라.

—나도 봤음. 연예인 외모로는 좀 후달린다 생각했는데 직접 보니 매력 쩐다. 오히려 카메라발을 안 받나 봐.

—사람들한테 일일이 악수해 주고 사인해 주고, 딱히 귀찮아 하거나 피곤해하지도 않더라. 사람들이 계속 달려들어서 피곤했을 텐데 내색도 안 하고.

—사랑해요, 김태웅! 우윳빛깔 김태웅!

—그런데 그 옆에 같이 달리던 터미네이터 같은 사람 누구? 난 처음에 로보트인 줄 알았음.

—그 사람 나도 봤는데? 매니전가?

'으잉?'

흐뭇하게 인터넷에 떠도는 자신의 미담을 보고 있던 태웅은 마지막 두 댓글을 보고 화들짝 놀랐다.

분명 혼자 조깅을 나갔었던 것 같은데…….

태연하게 커피를 입에 흘려 넣으며 역시 핸드폰으로 뭔가를 검색하고 있던 고서윤이 입을 열었다.

"집 주변에서 사람들과 같이 운동을 하며 호감을 얻는다는 작전도 괜찮은 것 같습니다. 무엇보다 이런 소탈한 이미지가 쌓이면 팬들이 김태웅이라는 배우에 대해 애정을 갖게 되죠. 조공조공도 많이 하게 될 거고요."

태웅은 순간 귀를 의심했다.

분명 저 인간과 전혀 안 어울리는 단어를 입에서 내뱉은 것 같은데?

"뭐를 한다고?"

"뭘 말입니까?"

"뭐, 왜? 뭐."

"……."

태웅을 멀뚱히 바라보던 고서윤이 아, 하며 입을 열었다.

"조공조공 말입니까?"

"그래."

"팬들이 자신이 좋아하는 연예인에게 선물을 바치는 걸 조공이라고 한다더군요. 요즘 많이 공부하고 있습니다."

"아니, 공부는 좋은데 왜 그걸 두 번 연속으로 말하냐고?"

"인터넷 아이돌 팬카페에서 봤습니다만… 조공을 많이 하는 것을 뜻한다고 하던데요. 왜 뭐가 이상합니까?"

당연히 이상하지.

'뭐가 되게 이상한데 딱히 설명할 방법이 없네.'

그는 한동안 고서윤을 바라보다가 한숨을 쉬었다.

더 이상 그를 지적해 봤자 무의미하니 포기.

"결심하다는 언제 만나기로 했어?"

태웅의 질문에 고서윤은 핸드폰을 검색해 보더니 빠르게 입을 열었다.

"내일 오후 3시입니다. 사당역이고요. 그곳에 익스트림하이 사무실에서 보기로 했습니다."

일단 '결심, 하다'의 감독과 만나서 영화 출연에 대한 이야기를 나누기로 했다.

영화 배경상 겨울이 다 가기 전에 크랭크인을 하는 편이 좋았기에, 일정이나 개런티 등에 대한 빠른 논의가 있을 것이다.

"고 매니저."

"네, 형님."

"당신 나 스토킹해?"

"…무슨 말씀이시죠?"

"혹시 나 운동 나갈 때 뒤를 밟는다거나… 뭐 그런 거 아니지?"

"…그런 일은 없습니다만."

"니다만?"

"혹 동선이 겹칠 수도 있겠죠. 우. 연. 히. 말입니다."

태웅은 머리가 아파왔다.

어째 스토커들만 날이 갈수록 느는 것 같다.

*   *   *

'결심, 하다'의 제작사 대표 및 감독과의 미팅이 있는 날.

윤철과 태웅은 고 매니저가 운전하는 차를 타고 사당역에 위치한 익스트림하이 사무실로 향했다.

꽤 연식이 오래된 회사여서인지 몰라도 번화가의 빌딩에 사무실이 위치해 있었다.

"이런 데로 이사 오려면 돈 많이 벌어야 되겠다. 그렇지?"

윤철은 빌딩 앞에 서서 까마득한 고층을 올려다보며 감회에 젖었다.

"올해 안에 가능하지 않겠냐? 이사 정도는."

"그렇겠지?"

"꿈을 더 크게 가져봐. 이런 빌딩 정도는 사겠다고."

"하하. 아무리 배우가 떠봤자 그건 무리야, 무리."

배우보다는 아이돌 그룹을 만들어서 히트시킨 후, 로테이션 돌리는 게 돈이 된다.

음원 수입뿐 아니라 행사와 예능 출연으로 짭짤한 수익을 올릴 수 있고, 크게 뜨면 한류 스타로 만들어 해외로 돌면 돈을 쓸어 담는 것이다.

아이돌로서의 수명이 다 될 때쯤이면 연기자로 변신시켜도 되니, 괜히 아이돌 전성시대가 아니다.

반면 배우는 찍는 작품이 한정적이고 행사 같은 것도 뛸 수 없어서, 출연료 외 수입은 CF 정도로 한정된다.

"내가 월드 스타가 되면 가능하지 않을까?"

태웅의 말에 윤철이 빙긋 웃었다.

"물론 그렇다면야 얘기가 다르지. 월드 스타면 세계적으로 돈을 쓸어 담을 테니까, 이런 빌딩 정도는 우습지 않겠어?"

"그럼 빨리 돼야겠네. 월드 스타."

"이야… 우리 김태웅 배우께서 이렇게나 포부가 큰 줄은 몰랐네."

둘이 즐겁게 대화를 주고받는 모습을 바라보던 고서윤의 입가에도 살짝 미소가 맺혔다.

하지만 둘 다 이야기에 정신이 팔려 있어서 아무도 그 모습을 보지 못했다.

*   *   *

태웅을 처음 본 배준화 감독은 천천히 그의 얼굴을 뜯어보았다.

"자네 관상이 엄청나구먼! 지금껏 또 이런 귀골은 처음 보네."

'관상? 귀골?'

어리둥절해하는 태웅에게 함께 나온 제작사 대표가 너스레를 떨었다.

"아이구, 우리 배 감독 또 시작이네. 그놈의 관상에 사주에 손금에… 거 너무 신경 쓰지 말아요. 태웅 씨. 허허허."

둘 다 50대에 접어든 남자들로 마치 동네 아저씨처럼 푸근한 인상이었다.

"시나리오를 본 느낌이 어떤지 묻고 싶은데, 어때요?"

"정말 감명 깊더군요. 어떻게 보면 신파로 빠지거나 지루해질 수도 있는 이야기인데 운명과 자연에 맞서는 한 인간의 대서사시로 만드셨어요. 시나리오만 봐서는 마치 '얼라이브'나 '백경' 같은 명작의 느낌이었다고 할까요?"

"허허허허! 젊은 사람이 참 혜안이 있네! 우리 영화를 얼라이브나 백경에 비유하잖아?"

"너무 띄워줘서 몸 둘 바를 모르겠는데. 하하하하."

두 남자는 진심으로 즐거워 보였다.

그 웃음을 보니 진정 영화를 사랑하는 영화인으로 느껴져서 태웅은 한결 신뢰가 갔다.

"사실 이 영화, 배우들이 많이 고사했어. 일단 워낙 빡세잖아. 이게 벌써 딱 봐도 촬영이 사람이 할 짓이 아니라고. 재난 영화나 생존물 같은 게 정말 찍기 힘든 건데. 아무리 배우로서 욕심이 크다고 해도 일단 목숨은 소중한 법이니까. 그런데 태웅 씨가 하겠다고 해서 얼마나 기뻤던지 몰라."

배준화 감독은 쏜살같이 넋두리 아닌 넋두리를 내뱉었다.

"원톱 영화니까 사실 연기력도 많이 필요해. 하지만 우리는 너무 짬이 되는 배우보다는 신선한 얼굴이 필요했거든. 얼마 전에 우상을 보고 딱 느낌이 왔지. '이 배우를 쓰면 그림이 나오겠구나!'하고 말이야."

둘 다 워낙 말이 많아서 태웅은 정신이 없을 지경이었다.

하지만 본격적으로 영화에 대한 이야기가 나오자 배준화는 꼭 필요한 얘기만 입에 담았다.

가장 걱정되는 것은 바로 배우의 안전 문제였다.

"이번 영화를 위해 아주 유능한 로케이션 매니저를 영입했거든. 그래서 장소 섭외는 한시름 놨는데, 문제는 배우가 얼마나 잘 따라올 수 있느냐야. 안전장치는 확실히 할 테지만, 역시나 위험한 건 맞으니까."

로케이션 매니저는 영화나 드라마 등의 촬영을 위해 장소를 섭외하는 사람이다.

국내에서는 아직 생소한 개념이지만 할리우드에서는 이미 보편화된 직업이다.

"촬영은 해외에서 하나요?"

"조만간 결정이 될 거야. 어디가 됐든 최고의 장소가 될 테지만, 해외로 갈 수 있다는 사실도 염두에 둬야 해."

생각보다 스케일이 커지는 듯했다.

설마 시베리아 같은 데를 가는 건 아니겠지?

이후의 미팅은 영화에 대한 이야기와 계약 진행에 관한 이야기였다.

이번에 태웅이 받게 되는 출연료는 기본 3억.

거기에 러닝개런티가 추가로 들어가게 된다.

아직도 경력이 많지 않은 배우인 태웅에게 있어서는 꽤 후한 조건이었다.

러닝개런티까지 포함된 것은 아마 배역을 연기함에 있어 위험부담이 꽤 크기 때문일 것이다.

"이번에도 관객 천만 정도만 들면 좋겠다."

일을 마친 후 근처 식당에서 밥을 먹으며 윤철은 들뜬 표정을 지었다.

"천만이 뉘집 강아지 이름도 아니고 그렇게 쉽겠어? 왜, 내 러닝개런티 때문에?"

"아니라곤 말 못 하지. 하하하."

태웅의 두 번째 영화를 계약해서인지 윤철 역시 신바람이 나는 것 같았다.

"근데 이 영화, 뭔가 대작의 냄새가 난다."

"그렇지? 촬영 들어가면 올인을 해야 할 것 같은데."

가급적 국내 촬영이라면 좋겠지만, 해외로 떠나게 된다면 그전에 해결해 두어야 할 일이 많다.

"그런데 '치명적 러브'는 안 찍을 거야?"

"그것도 하고 싶긴 한데……."

"시간이 안 되잖아? 일정 보니까 거의 동시에 들어가야 할 것 같은데. 가능하겠어?"

동시에 두 개의 영화 주연을 맡는다는 것은 거의 불가능할 것이다.

결국 태웅은 윤철을 통해 아쉽지만 '치명적 러브'의 출연을 고사하겠다는 뜻을 전달했다.

그런데 놀라운 일이 벌어졌다.

치명적 러브의 감독인 송하나 측에서 연락이 온 것이다.

깔끔하게 정돈된 실버문 엔터테인먼트 응접실.

기존의 사무실 옆 공간을 새로 임대하여 리모델링한 후, 마가린의 연습실과 녹음실, 그리고 응접실 등의 공간을 효율적으로 배치했다.

쾌적하고 상큼한 느낌으로 꾸며진 실내를 보고 태웅은 다시 한번 감탄했다.

'하여튼 알파고… 도대체 이런 건 어떻게 잘 아는 거야?'

건축에 조예가 있는 게 아닌가 싶을 만큼 내부 인테리어는 근사했다.

파스텔 톤의 벽지와 사무적이지만 고풍스러운 느낌의 가구들. 그리고 아기자기하지만 지저분하지 않은 소품들까지…….

이렇게 신경 쓴 응접실은 대형 기획사에도 없을 것이다.

"사무실이 정말 근사하네요! 깜짝 놀랐어요."

"감사합니다."

사무실을 방문한 '치명적 러브'의 여자 감독 송하나가 진심 어린 감탄을 내뱉었다.

하지만 정작 감탄을 내뱉고 싶은 건 윤철을 위시한 실버문 사무실의 남자들이었다.

'이렇게 미인이었어?'

동그랗고 갸름한 얼굴에 살짝 오른 볼살, 그리고 약간 돌출된 입이 개성적으로 느껴지는 미인이었다.

거기에 더해 그리 크지 않은 키였지만 잘록한 허리와 긴 다리 때문인지 유독 늘씬하게 느껴졌다.

"나 여기서 살까 봐. 우리 회사보다 훨씬 좋은데?"

프로덕션 대표를 대동하고 나타난 그녀는 매력적인 눈웃음을 지으며 태웅에게 악수를 청했다.

"송하나라고 해요. 앞으로 잘 부탁드려요."

"김태웅입니다. 저도 잘 부탁드립니다."

태웅은 얼떨떨한 기분으로 그녀의 손을 맞잡았다.

피부에서 느껴지는 부드럽고 따뜻한 감촉이 좋았다.

자리에 앉은 그녀는 단도직입적으로 태웅의 캐스팅을 권했다.

"그런 거 있잖아요. 시나리오 쓰면서 특정 배우를 아예 머릿속에 그려놓고 쓰는 거. 이번 시나리오가 그렇게 나온 건데, 그때 생각했던 배우가 바로 태웅 씨예요."

그녀는 직접 시나리오를 썼다고 했다.

이렇게 참신하고 감각적인 시나리오를 뽑아내는 감독이라니…….

5년 전 데뷔하여 단편 영화제를 휩쓴 그녀의 영화 '오후 두 시의 히어로'는 '어디에서도 볼 수 없었던 영화', '기존 장르 문법을 완전히 깨뜨린 영화' 라는 평가를 받았다.

자칫하면 괴작이 나올 수도 있지만, 잘만 풀리면 전에 없는 완전히 새로운 영화가 되는 것이 바로 그녀의 작품이었다.

해외로 치면 로튼 토마토 신선도 지수에서 90점 이상을 맞을 만하달까?

'고화영 못지않은 천재로군'

고화영이 좀 더 영화를 대중적으로 매끄럽게 뽑아내는 편이지만, 참신하고도 재밌는 영화를 만드는 감각에 있어서는 그녀도 절대 꿀리지 않았다.

게다가 태웅이 읽은 '치명적 러브'의 시나리오는 참신함과 대중성을 모두 갖추고 있었다.

"오늘 만나자고 하신 이유가……?"

출연을 고사했음에도 굳이 연락을 해서 미팅을 갖자고 했다.

그렇다면 태웅을 놓치고 싶지 않다는 얘기를 할 가능성이 높았다.

"말씀드렸다시피, 이 영화 시나리오는 시작부터 김태웅 씨를 보고 썼다고요. 그래서 꼭 나와주셨으면 해요."

송하나의 거침없는 말에 윤철은 난색을 표했다.

"그렇지만 이미 태웅이는 다른 영화에 출연을 할 계획이라서요. 게다가 그 영화가 해외 로케를 할 가능성도 있어서······."

"그럼 저희가 미룰 수 있어요!"

"네?"

파격이었다.

태웅을 주연으로 캐스팅하기 위해 영화의 제작을 미룰 수
도 있다는 것이다.

"저희 그렇게 빡빡한 회사 아니거든요. 충분히 기다릴 수
있어요."

"그래도 얼마나 걸릴지도 모르는데······."

"상관없어요. 1년 안에만 끝난다면요."

그녀의 말에 태웅은 더 두고 볼 것도 없다는 듯 고개를 끄
덕였다.

"좋습니다. 그런데 상대 여배우는 누구인가요?"

"아직 캐스팅 중이지만, 최대한 핫한 배우를 쓰려고 해요.
저, 이 영화 작정하고 있거든요."

신선하고 작품성 있는 영화를 뽑아낸다고 해도 흥행을 하
지 못하면 결국 도태되고 만다.

그녀 역시 슬슬 이러한 압박을 느끼고 있는 찰나였다.

그래서 혼신의 힘을 다해 트렌드를 분석, 대중에게 사랑받
을 수 있으면서 참신하기까지 한 시나리오를 완성한 것이다.

'첫 영화 찍자마자 연타석 출연 확정이라니, 우상이 뜨긴 떴

나 보군.'

배우의 운명과 가치를 결정하는 것은 무엇보다 영화, 또 영화다.

다시 한번 그 진리를 되새길 수밖에 없었다.

*　　　　*　　　　*

'결심, 하다의 크랭크인까지 앞으로 최소 서너 달 정도가 예상됐기에, 태웅은 그동안 미뤄둔 일들을 처리할 생각이었다.

'우선 입금이 되면 이사부터 해야겠다. 태선이가 엄청 좋아하겠는걸?'

그는 벌써부터 기분이 좋아졌다.

CF 섭외도 많이 들어와서, 이번 달만 네다섯 개 정도는 찍을 것 같았다.

이쯤 되면 슬슬 돈 걱정은 할 필요가 없을 것 같았다.

아침 햇살을 받으며 느긋하게 사무실 근처를 산책하고 있던 태웅은 갑자기 눈앞에 나타난 검은 형체의 덩치를 보고 화들짝 놀랐다.

잠시 후, 그 괴물체의 정체를 알아본 태웅은 짜증이 확 솟구쳤다.

"야! 누구 심장마비 걸리게 할 일 있어? 야생 멧돼지 같은 건 줄 알았잖아!"

김샛별.

태웅에게 패한 후 한동안 심부름꾼 노릇을 하다가 어느 샌
가 관심에서 멀어진 사나이.

그가 다시 태웅의 눈앞에 나타난 것이다.

"형님! 정말 섭섭합니다! 저를 두고 새 매니저를 구하시다니
요."

침울한 그의 목소리에 태웅은 어이가 없었다.

"내가 언제 널 매니저로 쓰겠다고 했지?"

"그러신 적은 없습니다만, 전 마음속으로 이미 형님을 제가
모실 연예인으로 생각하고 있었습니다."

"누구 맘대로? 그러지 마."

그때 김샛별과 태웅 사이를 막아서는 한 그림자가 있었다.

두툼한 잠바를 입은 매니저, 고서윤이 그를 올려다보며 말
했다.

"당신은 누구십니까?"

"뭐야, 당신은?"

"난 김태웅 씨 매니저입니다만."

"아아, 당신이 그 사람인가."

김샛별은 기다렸다는 듯 그를 향해 묵직한 목소리로 말했
다.

"미안하지만 물러나 줘야겠어. 네가 있는 그 자리, 내 자리였어야 해."

"웃기시는군."

"나는 그동안 쉬면서 매니저의 소양을 갖추기 위해 열심히 노력했다. 아마 당신보다는 훨씬 잘할 거야."

"어디 매니저 사관학교라도 다니셨나? 설령 그렇다고 해도 나한텐 안 될걸."

분위기가 험악해지자 당황한 건 태웅이었다.

'우씨, 이것들이 왜 이래?'

둘 다 점점 열이 올라서 입씨름하는 걸 봐서는 순순히 대화로 끝나지 않을 것 같았다.

태웅이 어떻게 상황을 수습할지에 대해 생각하는 와중에 어느샌가 두 남자의 힘겨루기는 시작되고 있었다.

S# 7
결심, 하다 제작 발표회

　지나가는 사람들이 두 남자의 험악한 분위기를 보고 수군
거리기 시작했다.

　태웅은 어떻게 할지 난감해하다가 그냥 자리를 뜨기로 했
다.

　"형님! 어디 가십니까!"

　김샛별의 외침에도 그는 듣지 않고 빠른 걸음으로 걸었다.

　"거두어주십시오, 형님!"

　'저 찰거머리 같은 자식!'

　설마 매니저를 하겠다고 찾아올 줄은 몰랐기에, 태웅은 이

상황을 일단 모면하기로 마음먹었다.

바로 그 순간!

콰당!

뭔가 무거운 것이 떨어지는 듯한 소리에 뒤를 돌아보니, 김샛별이 바닥에 쓰러져 있었다.

그리고 그를 내려다보는 고서윤의 싸늘한 눈빛이 보였다.

발목을 부여잡고 한참을 고통스러워하던 김샛별이 고개를 들었다.

"이 자식, 발을 걸다니⋯⋯."

하지만 고서윤은 딴청을 피웠다.

"그런 일 없습니다만⋯⋯."

"뭐라고?"

"자기가 넘어진 걸 왜 남한테 덤터기 씌우는 겁니까? 정말 이상한 사람이군."

그 말을 들은 김샛별의 얼굴에 노기가 서렸다.

"이제 돌이킬 수 없는 강을 건넌 것 같군. 자네, 나와 남자의 승부 한번 펼쳐보겠나?"

태웅은 분위기가 심상치 않음을 느끼곤 한숨을 쉬었다.

그냥 싸우게 놔둘 수도 있지만 그랬다가 기자라도 들러붙으면 귀찮아질 수 있다.

게다가 김샛별의 외모 때문에 '조폭과 얽힌 배우, 김태웅과 연예계의 어두운 그림자' 따위의 기사가 뜨게 될 것이다.

"싸우지들 말고 일단 사무실로 들어와. 주먹질 하면 둘 다 영원히 안 볼 테니 그렇게 알고."

그의 경고에 두 남자 모두 서로에 대한 살기를 거두고 태웅의 뒤를 따라왔다.

실버문 사무실에 들어서자, 산만 한 덩치의 그를 본 윤철과 태선이 깜짝 놀랐다.

태선이 있을 줄 몰랐던 김샛별 역시 화들짝 놀라며 입을 열었다.

"태, 태선 씨⋯⋯."

"눈 돌리면 죽는다."

그 말에 김샛별은 잽싸게 고개를 돌리고 태웅을 뒤따라왔다.

응접실로 들어간 두 사람은 진지한 대화를 시작했다.

"샛별아."

"네, 형님."

"요즘 먹고살기 힘드니?"

"⋯그렇지 않습니다."

"그런데 왜 나타나서 행패야?"

"행패가 아니라⋯⋯."

"내 매니저를 하고 싶다고? 진심으로?"

"진심입니다. 형님은 제가 인정하는 남자시고, 두 번이나 저에게 패배를 안기셨습니다. 그러니 곁에서 최선을 다해 보필하고 싶습니다. 그리고 그 강함을 배우고 싶습니다."

"하아……."

뭐 이런 바보가 다 있나 싶다.

사실 지난번에 임기환 감독 일에 이용해 먹기만 하고 딱히 내버려 두었던 것도 사실이다.

"넌 안 돼."

냉정한 태웅의 말에 김샛별의 얼굴이 어두워졌다.

"무엇이 부족한지 말씀해 주십시오. 고치겠습니다."

"넌 내 동생을 노리고 있는 놈이잖아. 그런 널 어떻게 가까이 두냐?"

"절대 그렇지 않습니다!"

김샛별은 강하게 부정했다.

"맹세할 수 있냐?"

"물론입니다! 사나이가 한 입으로 두말하겠습니까?"

"그래. 고 매니저!"

태웅의 외침에 고서윤이 기다렸다는 듯 응접실로 들어왔다.

"부르셨습니까?"

"혹시 이런 거 구할 수 있나?"

태웅은 그에게 귓속말을 했고, 고서윤은 알았다는 듯 고개를 끄덕였다.

"물론입니다. 잠시 청계천 좀 갔다 오겠습니다."

*   *   *

한 시간 정도 후에 사무실로 돌아온 고서윤이 종이봉투에 담긴 발찌와 조그만 사각형의 물건을 테이블 위에 올려놓았다.

"적외선 감지 센서입니다. 이 전자 발찌를 찬 사람이 반경 10미터 이내로 접근하면 경보가 울리게 됩니다. 전기 충격을 가하는 모델도 있는데 지금은 구할 수 없더군요. 더 좋은 모델이 나오면 추후 업그레이드하겠습니다."

정말 말만 했는데 이런 물건을 척척 구해왔다는 사실에 태웅은 감탄을 금할 수 없었다.

아무래도 전직이 특전사가 아니라 국정원 요원이나 북파 공작원 같은 게 아닐까 싶었다.

그 말을 들은 김샛별의 얼굴이 창백해졌다.

"혀, 형님. 그건 설마……."

"그래. 맹세의 증표라고나 할까. 네 말을 못 믿는 건 아니지만 그래도 확실한 게 좋으니까."

"그건 전자 발찌 아닙니까? 제가 성범죄자도 아니고……."

"그럼 팔에 하면 되지. 그냥 비슷하게 생긴 거니까 부담 갖지 말고."

결국 김샛별은 전자 발찌를 차고 태선의 근방 10미터 이내로 접근하지 않는다는 조건으로, 실버문의 막내로 임시 채용되었다.

주 업무는 허드렛일로, 사무실 출입은 허용하지 않는다는 조건이었다.

*　　　　*　　　　*

영화 '결심, 하다'의 로케이션 장소가 확정되었다.

우리나라와 중국 현지 로케로 진행되며, 중국 로케 장소는 동북삼성이라 불리는 랴오닝성 신청 부근이었다.

랴오닝성 산악 지대를 횡단하며 대자연과 맞서는 웅장한 광경을 찍게 되는 것이었다.

"정말 해외로 나가는 거야? 우와……."

홍구가 감탄을 금치 못했다.

해외 로케 촬영 기간은 대략 2개월로, 총 스태프 인원 200명, 그리고 중국 대륙 3,000킬로미터를 횡단하는 대장정이다.

"중국 올 로케가 아니어서 다행이야. 만약 그랬으면 한 6개월은 외국에 나가 있었을 텐데."

아무리 좋은 숙소와 식사가 제공된다고 한들 기본적으로 해외 촬영은 고생길이다.

제한된 시간 안에 찍어야 하다 보니 집중력도 필요하고, 체력도 엄청나게 소모된다.

물론 태웅에게는 해당되지 않는 이야기였다.

"언제쯤 나가는데?"

"한 1월 말이나 2월 초쯤?"

크랭크인 일정으로 보면 거의 초반부인 셈이다.

아마 해외 촬영을 먼저 한 후, 나머지 국내 촬영분을 찍을 것 같았다.

"매니저 고생길이 열렸네. 빡세서 어떻게 하냐?"

"문제없습니다. 당연히 해야 할 일이니까요."

홍구가 어떻게 놀려보려고 했으나 고서윤은 아무렇지도 않다는 듯 대답했다.

"이렇게 된 이상 잘됐지. 노튼한테 겨울철 산악 지대에서의 생존법에 대해 많이 배워야겠어."

몇 주 안에 노튼의 생존 프로그램 '유스 곤 와일드'의 촬영 또한 예정되어 있었다.

'미친 습득력' 스킬이 있기 때문에 생존법을 제대로만 익힌다면 영화 촬영 때 큰 도움이 될 것이다.

[새 영화 캐스팅 보상으로 〈생존 전문가〉 능력이 활성화됩니다.]

[현재 생존 전문가 숙련도는 10%입니다.]

역시 '결심, 하다'의 캐스팅으로 인해 생존 전문가라는 직업의 능력도 얻게 되었다.

유스 곤 와일드에서 열심히 노튼과 함께 구르다 보면 영화 촬영 전까지 상당한 숙련도를 얻을 수 있을 것이다.

아직 영화 크랭크인까지는 두 달 정도의 시간이 남아 있기에, 태웅은 그동안 처리할 일에 대해서 생각하고 있었다.

그때 갑자기 문이 벌컥 열리며 윤철과 마가린이 상기된 얼굴로 들어왔다.

"어라? 벌써 왔어?"

오늘은 마가린이 프로듀서 불낙에게 2집 앨범 타이틀곡을 받으러 간 날이다.

그런데 어쩐지 표정들이 심상치가 않다.

"왜들 그래? 무슨 일 있어?"

"연습실 와서 이것 좀 들어봐라."

윤철이 연습실 오디오에 USB를 꽂았다.

대형 스피커에서 가벼운 댄스곡 하나가 흘러나왔다.

가이드 보컬이 입혀져 있는 것으로 보아 아직 공개되지 않은 곡인 것 같다.

"어때?"

윤철의 질문에 태웅이 답했다.

"그냥 평범한데? 어디 최신댄스모음집 수록곡 같다."

그의 말에 윤철과 마가린의 얼굴이 더욱 구겨졌다.

그들의 모습에 태웅은 퍼뜩 짐작 가는 데가 있었다.

"설마… 오늘 받아온 곡이 이거야?"

땅이 꺼져라 한숨을 쉬며 윤철이 고개를 끄덕였다.

"그래, 몇 달이나 걸려서 만들어준 곡이 이거다. 다른 두 곡은 더 심각한 수준이야. 그냥 어디서 샘플링 따서 대충 붙여 넣고 흥얼거리는 걸 녹음한 거 같다니까."

엄연히 자기 이름을 걸고 만드는 곡에 이 정도밖에 열정을 안 기울였다니…….

시간도 시간이지만 작곡 비용으로 상당한 지출이 있었던 걸로 안다.

그런데 정말 이 모양으로 만들었다는 말인가?

"정말 이게 불낙이야? 이게 불낙이냐고? 최고의 프로듀서라는 놈이……."

그렇다고 콘셉트를 제대로 잡은 것도 아니고 나머지 두 곡의 밸런스가 좋은 것도 아니었다.

뻔뻔한 것도 정도가 있지…….

이 정도면 필히 거절해야 한다.

태웅은 더불어 사과도 받아낼 생각이었다.

"당장 가자."

"어딜?"

"어디긴. 그 불낙인지 닭발인지 하는 놈 있는 곳이지!"

심상치 않은 기색을 알아챈 윤철이 그를 말렸다.

"가서 뭘 어쩌려고? 또 두들겨 패고 그러면 안 돼."

"내가 언제? 신사적으로 말로 할 테니 걱정 마."

"글쎄 그러지 말래두. 내가 정식으로 다시 재요청할 거야."

실랑이 끝에 태웅은 결국 잠시 진정한 척하기로 했다.

"마가린. 넌 괜찮아?"

태웅은 문득 그녀가 기분이 많이 상했을까 걱정되었다.

"기대 많이 했는데, 유명 프로듀서도 별거 없네요. 그렇죠?"

그녀의 목소리와 눈빛은 차분했다.

의외로 담담해 보였지만 내심 상처를 받지 않을 수 없을 것
이다.

"그러게. 이렇게 실력 없는 놈인 줄은 몰랐다. 아니, 그 이전
에 성의가 없네."

이대로 지켜보기만 한다면 마가린은 영영 데뷔하지 못할지

도 모른다.

'내가 곡을 만들어줘 볼까?'

영화 우상에서 음악 프로듀서를 맡음으로써 생긴 능력.

그것을 써먹기 딱 좋은 기회인 것 같았다.

하지만 그전에 불낙이라는 놈을 응징하지 않고는 속이 풀리지 않을 것 같았다.

'그놈 작업실이 YMA 사옥 옆에 있다고 했지? 말린다고 안 갈까보냐.'

*   *   *

사운드 콘솔에 두 발을 올린 채 만화책을 보며 낄낄거리고 있던 불낙은 작업실 관리 알바가 자신을 쭈뼛거리며 바라보는 것을 보고 소리쳤다.

"뭐야! 할 말 있으면 빨리 해!"

"프로듀서님, 누가 찾아왔는데요?"

"누군데?"

"실버문 엔터테인먼트 사람이랍니다."

그 말에 불낙은 귀찮다는 듯 인상을 썼다.

대학 선배의 부탁으로 소규모 기획사 여자 가수에게 곡을 세 개 팔아먹었다.

심혈을 기울여 만든 게 아닌, 습작으로 대충 만들었던 곡들이었다.

자기 이름값도 있겠다, 비용도 할인해 준 것인데 뭐 어쩌랴 싶었다.

"없다고 해."

"벌써 계시다고 해서……."

"에이 씨… 그럼 들어오라 그래."

신경질을 내며 불낙은 여전한 자세로 다시 만화책을 읽었다.

그때, 보무도 당당하게 작업실 안으로 한 남자가 들어왔다.

'가만 있자, 어디서 많이 본 얼굴인데?'

왠지 익숙한 얼굴이다.

'김태웅이잖아?'

최근작인 우상은 보지 않았지만, 전 작품 '청춘은 맛있다!'는 보았기에 그의 얼굴을 어렵지 않게 알아볼 수 있었다.

"안녕하세요. 불낙 프로듀서님 되시죠?"

"네, 맞습니다만……."

무슨 영문이냐는 듯 물어보는 눈빛을 마주 보며 태웅은 피식 웃었다.

"전 김태웅이라고 합니다. 다름이 아니라 프로듀서님이 우리 소속 가수한테 아주 형편없는 곡을 주셔서요. 그래서 수정 요청을 드리려고 찾아왔습니다."

그 말에 기분이 확 상한 불낙이 인상을 썼다.

"뭐요?"

"새로 곡을 써주셔야겠습니다만."

"거참, 뭔 말도 안 되는 소릴 합니까? 당신 요즘 좀 뜨는 배우 같은데, 그렇다고 이렇게 사람 작업실에 찾아와서 막말 던지면 답니까?"

"막말보다 더한 짓을 해놓고는 적반하장이시군요. 본인이 준 노래 들어는 봤습니까?"

"당연하지. 그 곡이 뭐 어때서?"

"그 곡이 괜찮게 들리면 귓구녕이 막혔을 테니 이비인후과나 가보시고요. 그 정도 수준이면 차라리 내가 더 잘 만듭니다."

불낙은 어이가 없었다.

"이것 봐요. 곡 쓰는 게 장난인 줄 아나? 그렇게 개나 소나 다 만든다고 하면 어디······."

태웅은 그의 입을 막으려는 듯 주머니에서 핸드폰을 꺼낸 후, 음악을 크게 틀었다.

그리 좋다고는 할 수 없는 음질이었지만, 흘러나오는 음악만큼은 대단히 세련되고 신나는 곡이었다.

아니, 어떤 면에서 보자면 역대급으로 느껴지기까지 한다.

"이건 무슨… 누구 노랩니까?"

들을 만한 노래는 다 들어봤다고 자신하고 있는 그조차도 모르는 노래.

화를 내다가 갑자기 참을 수 없는 호기심에 불낙은 질문을 하고 말았다.

"바로 내가 만든 겁니다. 어때요? 당신의 그 허접한 노래보다 훨씬 개성 있고 좋죠?"

미 공군 첨단 전투기의 초정밀 타격과도 같은 팩트 폭격에 불낙은 그만 울컥하고 말았다.

고작 배우가 만든 곡에 감동을 받다니.

잘나가는 음악 프로듀서로서 자존심이 걸려 있는 문제였기에 불낙은 그의 말을 그대로 넘길 수 없었다.

"내가 마음만 먹으면 이것보다 훨씬 좋은 곡 못 쓸 것 같아?"

"그럼 다시 써서 주던가. 만약 또 형편없는 곡을 줄 거면 그냥 다 가져가고."

불낙의 눈빛이 이글거렸다.

"좋아. 듣고 질질 쌀 만한 곡을 써줄 테니 일주일만 기다려."

태웅은 회심의 미소를 지었다.

자존심으로 똘똘 뭉친 상대를 자극하는 데 성공한 것이다.

＊　　　　＊　　　　＊

일주일 후, 불낙이 보내온 세 곡은 이전과는 비교할 바가 아니었다.

메인타이틀곡인 '루시아'는 레트로하면서도 그루브가 살아 있는 신스팝 장르로, 들을수록 빠져드는 매력이 있었다.

칠트랩 비트의 곡 '레이 잇 온 더 라인'과 트로피컬하우스 장르의 곡 '나이브 데이'까지 더해서 다채로운 구성의 세 가지 곡이었다.

"역시 불낙은 불낙이야. 마음먹고 만드니까 장난이 아닌데?"

음악에 나름 조예가 있는 윤철도 히트할 만한 곡이란 걸 단번에 알아차린 것 같았다.

마가린 역시 은근히 기뻐하는 듯한 모습이었다.

"그런데 난 태웅 오빠가 만든 노래가 더 좋아요."

"으잉?"

"물론 타이틀은 이걸로 하겠지만……."

그녀의 말에 연습실에서 듣고 있던 모두가 빵 터졌다.

오랜 준비 기간 때문에 다소 침체되어 있던 그녀도 이제는 활력이 생기는 것 같았다.

총 여덟 곡의 2집 앨범 수록곡이 확정되었다.

전반적인 음악 작업은 마가린이 직접 프로듀싱을 했고, 태웅과 윤철이 섭외한 엔지니어가 보조했다.

태웅이 만들어준 곡 외에 나머지 네 곡은 모두 마가린이 직접 만들었다.

악기 세션 녹음은 마가린의 밴드 친구들이 맡았다.

다들 인디에서 오랫동안 경력을 쌓은 실력자들이었기에 녹음 역시 일사천리로 진행됐다.

불과 한 달 만에 2집 녹음을 마친 그녀의 음원 선공개 타이틀곡은 '루시아'.

유명 프로듀서, 작곡가인 불낙의 이름을 내세워 전면적인 마케팅을 하기로 했다.

"홍보도 열심히 해볼게! 그러니까 나 한번 믿어봐."

윤철의 말에 마가린도 의욕이 넘치는지 연습실과 녹음실에서 살다시피 하며 음악 작업을 했다.

같은 또래인 여동생 태선과도 이제 편하게 장난칠 정도로 친해졌다.

*　　　　*　　　　*

곡을 완성해 보낸 후 한동안 불낙은 자신만만해 했다.

자신이 나름 신경 써서 만든 마가린의 신곡 세 개는 들려준 모두가 엄지손가락을 치켜세울 만큼 퀄리티가 좋았다.

하지만 시간이 지나고 나니 이상하게도 자꾸만 아쉬움이 들었다.

그때 자신의 작업실에 찾아와 태웅이 들려주었던 곡이 자꾸만 생각났다.

'정말 그걸 지가 만들었다고? 전공자도 아니고 배우 나부랭이가?'

한 번 들은 곡은 좀처럼 잊어버리지 않는 그는 국내부터 해외까지 다양한 뮤지션들의 곡을 뒤져보았다.

하지만 정말로 태웅이 그때 들려주었던 것과 같은 곡은 없었다.

문제의 곡이 자꾸만 머릿속을 맴돌 때마다 그는 고통스러워졌다.

'듣고 싶다! 다시 한번 그 노래를……'

*   *   *

똑똑똑―

사무실 문을 두드리는 소리에 문을 연 마가린은, 눈앞에 서 있는 아담한 키에 화려한 행색을 하고 있는 젊은 남자를 보고 깜짝 놀랐다.

"불낙?"

코에 걸친 듯 내린 선글라스 위로 불낙의 눈이 번뜩였다.

그는 껌을 질겅질겅 씹으며 대뜸 사무실 안으로 들어왔다.

"무슨 일이에요?"

마침 사무실 안에는 그녀뿐이었다.

윤철은 요즘 마가린의 새 앨범 홍보 작업을 하느라 돌아다니기 바빴고, 홍구는 드디어 왕이반 감독 작품 크랭크인이 확정되어 한층 더 이태원 문화에 몰두 중이었다.

태웅은 고서윤과 태선을 데리고 밥을 먹으러 갔고, 김샛별은 태웅이 시킨 임무를 수행 중이었다.

물어본 말에는 대답도 않고 소파에 털썩 몸을 파묻은 그는 테이블 위에 다리를 올려놓았다.

"왜 마가린 씨밖에 없어?"

"다른 분들은 일이 있어서 나갔는데요."

"하! 사무실 참 영세하구먼. 깔끔하긴 하지만 내 취향은 아니야."

마가린은 온몸에 액세서리를 치렁치렁 걸친 그를 보곤 속으로 웃음이 났다.

땅딸막한 키에 지나치게 화려하게 꾸민 모습이 우스꽝스럽기까지 했다.

"내가 준 곡은 잘 소화하고 있지?"

"네, 후반 작업까지 다 끝났어요."

"내 이름 걸고 나가는 곡이니까 로우 퀄리티면 곤란해. 한 번 들어볼 수 있나?"

마가린은 그의 요구에 믹싱과 마스터링까지 마친 타이틀곡 루시아를 재생했다.

세련된 곡을 바탕으로 톡톡 튀는 코러스가 곳곳에서 튀어나오며 곡을 풍성하게 했다.

무엇보다 독보적인 것은 마가린의 음색이었다.

발라드나 모던록에서도 잘 어울렸지만, 리드미컬하고 빠른 음악에서 더한 강점을 자랑했다.

다소 허스키하면서도 이상하게 콕콕 귀에 박히는 발음이 그녀만의 뉘앙스를 만들어냈다.

곡을 들으며 불낙의 표정이 점점 바뀌었다.

그도 꾼이었기에, 자신의 곡을 만난 그녀의 보컬이 마치 물 만난 물고기 같다는 것을 느꼈다.

"어때요?"

재생이 끝나고 마가린이 소감을 묻자, 불낙은 헛기침을 했다.

"흠… 뭐, 양호하긴 하네. 딜리버리는 보통 이상이야. 보컬 박자를 조금 더 엇박으로 쳤으면 좋을 것 같긴 한데… 그것도 개성으로 볼 만한 부분이고."

그녀만의 느낌으로 재해석한 다른 두 곡 역시 보컬이 없는 버전에 비해 압도적으로 좋아졌다.

불낙은 점점 표정을 숨길 수가 없게 되었다.

'얼마 만에 귀 호강이냐.'

그는 침을 꼴깍 삼켰다.

이전에 들었을 때는 이 정도는 아니었던 것 같은데…….

아니, 사실 제대로 듣지도 않았던 것 같다.

눈앞에 있는 보석을 그냥 지나쳐 버렸던 것이다.

"나쁘진 않네. 조금 노말하게 간 부분은 있지만… 혹시 다른 곡도 들어볼 수 있어?"

"다른 곡이요?"

"이를 테면 다른 작곡가의 곡이라거나?"

"김태웅 씨가 만들어준 곡이 있는데, 들려 드려요?"

그녀는 자신의 곡을 들려주기 조금 쑥스러워 태웅의 곡을 댄 것이지만, 불낙은 그 말에 정신이 번쩍 들었다.

"그래! 바로 그거야!"

"네?"

"아, 아니. 다른 곡도 한번 들어보고 싶었다 이거지. 어서

렛츠 겟 잇! 플레이 온!"

'웬 맞지도 않는 영어?'

마가린은 피식하곤 태웅이 써준 곡 '스무디 스무디'를 틀었다.

둔탁한 베이스와 함께 시작되는 오묘한 비트가 울려 퍼지자, 불낙은 몸을 부르르 떨었다.

'그래! 바로 이거야! 이 노래!'

지난번 작업실에서 들은 후 수많은 밤을 잠 못 들게 했던 그 노래!

그는 청량한 폭포수를 정수리에 끼얹은 것처럼 눈앞이 확 트이는 것을 느꼈다.

최고의 음악을 들었을 때 느낄 수 있는 카타르시스였다.

게다가 이번에는 마가린의 매력적인 보컬까지 가미되어, 어느 파트 하나 빈틈없이 완벽했다.

'어떻게 이런 곡을 쓸 수가 있지? 천재인가?'

그는 인정할 수밖에 없었다.

이 곡을 쓴 작곡가는 자신보다 뛰어난 재능을 가지고 있다는 것을.

"김태웅……."

"네?"

"김태웅이 정말 배우인가? 어떻게 이런 곡을……."

"그렇죠? 저도 깜짝 놀랐어요. 정말 다재다능한 사람이거든 요."

'미친 습득력'의 영향으로 태웅은 음악 프로듀서 숙련도가 70%에 달해 있었다.

그 정도면 세계적인 뮤지션으로 불릴 수 있는 수준이다.

그런 태웅이 몇 주 동안 작업하면서 단점을 보완하고 만든 곡이기에 멋지게 뽑혀 나오는 것은 당연했다.

"어머? 왜 울어요?"

감동과 질투, 열등감 등 온갖 감정이 뒤범벅되어 그는 어느 새 자신도 모르게 눈물을 흘리고 있었다.

"아, 알레르기가 있어서 그래."

그는 자리에서 벌떡 일어났다.

그때 사무실 문이 열리며 태웅과 태선, 고서윤이 들어왔다.

"얼래? 이게 누구야? 마침 오늘따라 불낙 전골이 먹고 싶더 라니……."

태웅이 그를 보고 반가운 듯 다가왔다.

"제, 젠장. 비켜!"

불낙은 세 사람 사이를 거칠게 뚫고 사무실 문밖으로 나갔 다.

"쟤 여긴 왜 왔어?"

"모르겠어요."

의아해진 태웅이 창문 밖으로 후다닥 달려 나가는 그의 모습을 바라보았다.

"밖에 있던 부가티 베이론이 쟤 거였구나."

"아까 견인된 그 차 말입니까?"

"응. 차를 주차장에 대지 왜 저기다 댔대? 자랑하려고 그러나?"

"외모가 범상치 않더군요."

"패션에 관심이 많나 보지. 근데 니가 쟤 때렸어? 왜 우냐?"

태웅의 말에 마가린이 고개를 저었다.

"아니요. 그냥 앨범 노래 몇 개 듣더니 저러더라고요."

"희한한 새끼네."

실버문 패밀리들은 점심에 먹은 쭈꾸미 볶음에 대한 얘기로 화제를 돌렸고, 불낙은 금세 잊혀진 존재가 되고 말았다.

*   *   *

'결심, 하다'의 대본 리딩을 열흘 앞둔 날.

노튼 베어울프와 유스 곤 와일드의 제작진은 한국을 찾았다.

파트너 태웅이 고정 출연하는 시즌2의 오프닝을 촬영하기 위해서였다.

오프닝 촬영은 한강의 무인도 밤섬에서 이루어졌다.

이곳에서 본격적인 촬영을 한다기보다는 노튼과 함께 시즌 2의 주인공이 될 태웅을 소개하는 자리였다.

실제 방송에서도 5분에서 10분 정도로 짧게 나올 예정이기에 그리 긴 시간이 걸리진 않을 것이다.

"미스터 태웅! 반가워. 난 유스 곤 와일드의 카메라맨 제롬이야."

온몸이 근육으로 뒤덮인 단단한 체구의 금발 남자가 태웅에게 악수를 청했다.

"당신이 그 극한 직업 카메라맨이지? 누군지 정말 궁금했어!"

노튼과 함께 촬영을 하면서 고생이란 고생은 다 해본 카메라맨 제롬.

그 훈장으로 그는 웬만한 연예인보다 더 큰 인기를 얻고 있었다.

"앞으로 잘해보자구. 생명보험 같은 건 미리 들어놨지? 하하하."

농담이라고 하기엔 웃을 수 없는 얘기였다.

*　　　　*　　　　*

한국의 다른 방송에서도 노튼과 촬영하는 태웅을 취재하기 위해 사람들이 몰려왔다.

세계적인 프로그램에 출연하는 한국의 젊은 배우에게 국내뿐 아니라 외신에서도 많은 관심을 쏟고 있었다.

'이러다가 금방 월드 스타 되는 거 아냐?'

고기도 먹어본 놈이 먹는다고, 이미 세계의 정점에 올라봤었던 그다.

유스 곤 와일드 시즌2를 노튼과 함께하면서 인지도를 쌓는다면 나중에 있을 해외 진출에 분명 큰 도움이 될 것이다.

"슬슬 촬영 시작할 건데, 준비됐어?"

노튼이 태웅에게 다가와 어깨를 두드렸다.

"그럼. 난 언제든 준비돼 있어."

"멋진 자세야. 자넨 정말 고져스한 친구야."

엄지손가락을 들어 보이며 노튼이 빙긋 웃었다.

그는 생태보전지역인 한강의 밤섬이 신기한지 여기저기 둘러보았다.

촬영 허가를 받는 데 꽤나 까다로웠다고 들었지만, 사실 시 입장에서도 세계적인 홍보가 되는 마당에 나쁠 건 하나도 없었다.

촬영 준비를 마치고, 촬영 팀의 카메라가 돌아가기 시작하면서 마침내 유스 곤 와일드 시즌2 오프닝 촬영이 시작되었다.

"위 아 곤 유스 곤 와일드! 시즌2를 기다려 주신 시청자 여러분 정말 반가워요! 저는 생존 전문가 노튼 베어울프입니다."

딱히 진행자가 없이 노튼의 멘트로 진행되는 유스 곤 와일드.

그야말로 노튼의, 노튼에 의한, 노튼을 위한 방송 프로그램이었다.

"기다려 주신 분들께 감사 인사를 드리면서, 오늘은 앞으로 시즌2를 함께할 멋진 친구를 소개할까 해요. 여기는 코리아의 수도 서울, 그 가운데에 있는 한강의 무인도, 밤섬입니다. 무척 예쁜 곳이죠?"

카메라가 밤섬의 전체적인 풍경을 훑었다.

자연이 그대로 보존되어 있는 나무숲들의 아름다운 경관.

그 한참 위로 지나가는 지하철 열차까지.

그리고 카메라는 다시 광활하게 펼쳐진 한강을 비추었다.

"오, 저기 뭔가가 오고 있는데요? 한번 비춰봅시다."

멀리 한강 위로 하얀 점 하나가 밤섬을 향해 빠른 속도로 다가오고 있었다.

줌을 당기자, 하얀 점의 정체가 드러났다.

보트였다.

"아무래도 우리가 기다리던 친구가 오고 있는 모양이네요. 누굴까요?"

노튼의 말과 동시에 보트에서 누군가가 휙 뛰어내렸다.

첨벙!

제자리에 선 보트 대신 강 위에 뜬 검은 점이 다시금 속도를 내어 물살을 가르고 다가오기 시작했다.

"잠깐만, 놀랍습니다. 사람이네요! 사람이 한강을 횡단하여 오고 있어요! 맞이하러 나가봅시다."

오버하지도, 그렇다고 밋밋하지도 않은 찰진 멘트를 내뱉으며 노튼이 망원경으로 검은 점을 보는 시늉을 했다.

어푸어푸.

격하게 팔다리를 움직이며 검은 전신 수영복을 입은 태웅이 밤섬에 가까워졌다.

마침내 도착한 그는 훌쩍 뛰어오른 후 몸에 묻은 물기를 털어냈다.

카메라가 그와 그에게 다가가는 노튼을 비추었다.

"안녕, 노튼. 반가워. 난 김태웅이라고 해."

제작진이 던져준 어색한 대사를 읊으며 태웅은 그에게 다가갔다.

노튼이 그의 손을 잡았고, 두 사람은 뜨거운 악수를 했다.

"이 추운 날씨에 한강 수영을 한 이 청년이 저와 함께 시즌2를 이끌어갈 파트너입니다. 한국의 배우 김태웅을 소개합니다."

흠뻑 젖은 생쥐 꼴이 된 태웅이 카메라를 향해 손을 흔들었다.

추워서 덜덜 떨고 있었지만, 그는 미소를 잃지 않기 위해 애썼다.

'꼭 오프닝을 이렇게 해야 해? 추워 뒤지겠네!'

＊　　　　　＊　　　　　＊

덜덜 떠는 와중에도 태웅은 차분하게 자기소개를 마무리했다.

능숙한 영어를 구사하며 자신을 어필하는 모습에 국내외 취재진들은 깊은 인상을 받았다.

"태웅! 정말 멋졌어. 역시 기대대로야!"

노튼이 연신 엄지손가락을 치켜세우며 태웅을 띄워줬다.

스태프들 또한 우레와 같은 박수로 첫 신고식을 축하해 줬다.

고서윤은 촬영이 끝나자마자 큰 타월로 태웅의 젖은 몸을 닦고 방한복 역할을 해줄 패딩을 입혔다.

그리곤 보온병에 미리 준비해 온 뜨뜻한 차를 건넨다.

"날이 춥습니다. 천천히 드시면서 온기를 회복하세요."

'크으… 감동받을 뻔했잖아?'

태웅은 물론 함께 동행한 태선 또한 그의 신속한 스타 보호에 감탄했다.

그를 최수빈이 보낸 감시역으로 생각하고 있긴 했으나. 이젠 아무려면 어떠냐는 생각이 들었다.

'거 자식 일 하나는 참 마음에 쏙 든단 말이야.'

태웅을 격려하려 다가온 노튼이 이후의 촬영 스케줄에 대해 이야기해 주었다.

밤섬에서 촬영한 오프닝은 방송에서는 아주 짧게 나가는 수준이고, 그 다음 촬영분부터가 진정한 첫 회가 된다.

본격적인 촬영은 중국 산악 지대로 예정되어 있었다.

광활한 땅덩어리를 가진 중국은 사람이 생존하기 어려운 극한 환경의 지역도 많다.

유명한 영화를 촬영한 중국의 산 중 한 곳을 골라 치열한 생존 다큐멘터리를 찍게 된다.

출국은 다음 주.

그때야말로 진정한 극한의 촬영이 될 것이다.

'스킬이라도 사둬야 하나?'

다가올 미래에 걱정도 되었지만 한편으론 가슴이 두근거린다.

*   *   *

다음 날, 사무실 앞에 도착하니 낯익은 여자가 기다리고 있었다.

"태웅 오빠! 잘 지내셨어요?"

이런… 오랜만에 보는 나진영이다.

'얘는 왜 자꾸 이렇게 사무실 앞에서 기다리고 있는 거야?'

그렇잖아도 지나가는 사람들 중 나진영을 알아보는 사람들이 있는지 힐끗거린다.

태웅은 그녀에게 다가가 말했다.

"거참, 미리 연락을 하고 오든가 사무실에서 기다리든가 해요. 자꾸 이런 데 서 있지 말고."

"어머, 저 사무실에 들어가 있어도 되는 거예요? 그럼 비밀번호라도 가르쳐 주세요."

"…됐고, 일단 올라가죠."

나진영을 응접실로 데리고 가니 또 호들갑이다.

"우와! 사무실이 왜 이렇게 멋지게 바뀌었어요? 나 진짜 실버문이랑 계약하면 안 돼요?"

쓸데없는 잡설을 한동안 늘어놓은 후 그녀는 그동안의 일을 얘기하기 시작했다.

소속사 분쟁 문제는 BH엔터테인먼트와 나진영 간의 소송으로까지 확대될 조짐을 보였으나, 강지나가 어떻게 손을 썼는지 서로 좋게 합의하는 것으로 결론이 났다.

강지나는 그녀가 자존심이 상할 것을 배려하여 법률적인 도움을 준 것이 자신이라는 것을 굳이 알리지 않았다.

하지만 결국 나진영이 알게 되었고, 그녀는 큰 충격과 동시에 감동을 받았다고 했다.

"강 대표님이 최고예요! 대표님 너무 좋은 분이세요."

나진영은 배알이 없는 건지, 그나마 도리를 아는 건지 연신 강지나에 대한 극찬을 늘어놓는다.

"하지만 ROD에 들어갈 생각은 없고?"

"네, 계약 조건도 좋게 해주시고 배려해 주시긴 했지만… 아직 많이 부족한 제가 그렇게까지 신세 지는 건 좀 아니라고 생각했어요."

"아니 왜? 들어가서 열심히 하면 되죠!"

"일단 강창구 문제가 좀 걸려요."

"걔가 그렇게 싫어요?"

"그것도 그렇지만 뭔가 자꾸 그 인간이랑 얽히게 되는 게 싫어요. 저 강창구 팬들한테 맨날 저격당하고 있는데 같은 소속사가 되면 또 시끄러워질 거잖아요."

"같은 식구가 되서 화해하는 그림으로 가면 괜찮지 않을까?"

"그것도 싫어요! 너무 가식적이라고요. 제가 매력 없고 민폐 끼치는 캐릭터이긴 하지만 솔직한 것만큼은 버리고 싶지 않아요."

'민폐인 걸 알긴 하는구먼.'

그걸 아는 사람이 자신에게 계속 민폐를 끼치고 있다.

"저 진짜 실버문 들어오면 안 돼요? 열심히 할 수 있어요."

"ROD에는 폐 끼치기 싫다면서 나한테는 폐 끼치려고요?"

한참 동안 실랑이가 이어졌지만 태웅은 끝내 나진영을 받아주지 않았다.

"내 체면도 생각해 줘요. 강 대표님한테 나진영 씨를 도와달라고 부탁한 건 그분이 나진영 씨를 좋게 본 것도 있는 거예요. 무슨 자선 사업가도 아니고 괜히 도와줬겠어요?"

그 말에 나진영은 한동안 말이 없었다.

그녀도 머리가 나쁜 건 아니니, 무슨 말인지 알아듣는 것 같다.

"자기 연예인이라고 생각하고 도와줬지 않겠어요? 그런데 도움은 그쪽에서 받고 계약은 우리랑? 그건 도리가 아니죠."

결국 골칫덩어리를 떠넘기고자 하는 태웅의 말발에 그녀는 넘어가고 말았다.

물론 강지나는 딱히 그녀를 원한 적이 없다.

하지만 태웅은 어떻게든 그녀를 ROD에 보내 버리고 싶었다.

"그런데 저, 솔직히 자신이 없어요."

"무슨 자신?"

"거기서 살아남을 자신이요. 쟁쟁한 애들이랑 경쟁해야 하는데 제가 튀는 뭔가가 있는 것도 아니고, 캐릭터를 어떻게 잡아야 할지도 모르겠고, 게다가 인기 절정 남자 아이돌이랑 사이까지 안 좋으니 이미 백만 안티 예약이고……."

태웅은 잠시 생각하다가 입을 열었다.

"그러면 이참에 아예 확 욕먹는 쪽으로 가요."

"…욕먹는 쪽이요?"

"그래요. 이제부터 진영 씨는 아예 악녀 전문 배우가 되는 거야."

"악녀… 전문 배우?"

"어차피 욕먹는 거면 제대로 욕먹어봐요. 악녀 전문 배우가 연기를 잘하면 도리어 호감 되는 거 몰라요?"

태웅이 제시한 솔루션에 나진영은 점점 설득당했다.

사실 틀린 말도 아니다.

지금 시점에서 그녀가 잡을 수 있는 포지션은 악녀가 유일했다.

물론 적성에 맞을지는 미지수였지만.

"생각해 보니 그럴 것 같긴 해요. 악녀… 악녀 전문 배우!"

"그래요. 대한민국 악녀의 계보를 이어보는 거야."

"이제야 머릿속이 좀 환해지는 것 같아요! 정말 고마워요, 태웅 오빠!"

그녀가 갑자기 달려들더니 태웅을 와락 껴안았다.

'이런, 당했다!'

그는 쏜살같이 몸을 굽혀 그녀의 품을 빠져나온 후 헛기침을 했다.

"그럼 멋지게 한번 해봐요! 대한민국 최고의 악녀 배우 나진영! 열심히 응원할 테니까, 화이팅!"

그리고 그는 옆에서 지켜보고 있던 고서윤에게 눈짓했다.

"가시는 길 편안하게 모셔 드려!"

태웅은 뒤도 안 돌아보고 응접실을 빠져나갔다.

며칠 후, 나진영이 ROD와 전속 계약을 체결했다는 기사가 포털 사이트 한구석을 장식했다.

그리 유명하지 않은 배우였기에 큰 이슈가 되지는 않았지만, 한편으로는 그녀에게서 어떤 가능성을 봤기에 잘나가는 기획사인 ROD가 계약을 했는지 궁금해하는 사람들도 있었다.

*   *   *

'결심, 하다'의 캐스팅이 최종 확정되었다.

주인공인 결심 역에는 영화 우상에서 음악 프로듀서 역을 맡아 선 굵은 연기를 선보이며 무게감 있는 배우로 성장한 김태웅이 낙점되었다.

그리고 수용소를 탈출하여 도중에 만나 중반까지 동행하는 중국인 소녀 링링 역에는 놀랍게도 떠오르는 중화 인기 여배우, 메이린이 캐스팅되었다.

"메이린의 캐스팅으로 원래 별다른 비중이 없던 링링 역의 분량이 대폭 늘어났다던데, 사실입니까?"

제작 발표회 현장에서 쏟아지는 기자들의 질문에 배준화 감독은 특유의 빙구 미소를 지으며 대답했다.

"꼭 그런 건 아니고 원래 링링은 주인공 결심에게 큰 도움을 주고, 앞으로 살아갈 이유를 주는 중요한 캐릭터였습니다. 다만 중량감 있는 배우가 이 역할을 맡게 되어 더 기대가 되는 건 사실입니다."

"중국 시장 진출에도 큰 이점이 될 것이란 말이 있습니다. 중국의 투자사가 붙으면서 사드 문제로 침체된 한류 열풍이 다시 불 것이란 예측도 있는데요."

"정치 상황이 어떻게 됐든 영화에만 집중할 생각입니다."

메이린은 최근 중국에서 개봉한 '팔대문파'에서 준주연급으로 활약하며 단번에 대륙인들의 마음을 사로잡은 미녀 배우였다.

'탕웨이와 판빙빙을 섞은 듯한 미친 미모!'라고까지 언론에 대서특필될 정도로 아름다운 외모의 보유자였지만 예쁜 척하지 않는 꾸밈없고 밝은 성격으로 인기가 많았다.

그런 배우가 출연을 확정함에 따라 '결심, 하다'에 대한 기대치도 급상승한 것은 당연한 일이었다.

그리고 또 하나의 이슈가 있었다.

두 번째로 태웅과 출연하게 된 류하영 역의 여배우, 유지니였다.

"유지니 씨는 우상에 이어 곧바로 김태웅 씨와 호흡을 맞추게 되는데요. 새 영화에 대한 각오가 어떠신가요?"

기자의 질문에 그녀는 팔짱을 낀 채 시원하게 대답했다.

"김태웅 씨는 좋은 배우고, 저도 그 못지않으니 잘될 거라고 생각합니다. 그리고 이번에도 천만 관객을 넘길 수 있을 것 같아요."

자신만만한 말투에 기자들이 술렁거렸다.

연이어 천만 관객을 노린다는 말을 이렇게 자신 있게 할 수 있는 여자 배우는 많지 않았다.

기자들의 질문은 이제 가장 많은 주목을 받고 있는 영화의 주연배우에게 넘어갔다.

"김태웅 씨는 아직 많지 않은 경력에도 불구하고 바로 주연배우로 낙점되었는데요. 원톱 배우로서 각오가 궁금합니다."

'그놈의 각오 좀 그만 물어보면 안 되나?'

제작 발표회 현장의 태웅은 쏟아지는 하품을 참으며 입을 열었다.

"이번 영화는 세계시장에 내놔도 손색없는 작품이라고 생각합니다. 그런 영화에 주연배우로 출연하게 되어 기쁘며, 침체된 한류 영화 열풍을 다시 살려보고 싶습니다."

자기가 생각해도 오그라드는 말이었지만, 천만 관객 멘트는 이미 앞서 유지니가 써먹는 바람에 어쩔 수 없었다.

"최근 예능으로 외도가 잦다는 말이 있는데요. 그 점에 대해서 우려하는 시선도 있습니다. 어떻게 생각하시나요?"

그럼 그렇지.

이번에도 거슬리는 질문을 하는 기자가 있었다.

태웅은 침착하게 입을 열었다.

"딱히 예능 출연을 많이 한다고는 생각하지 않습니다. 제가 고정으로 출연하게 된 '유스 곤 와일드'의 경우는 이번 영화에서 맡은 배역에 많은 도움이 될 거라고 생각해서 출연하게 되었습니다."

"유스 곤 와일드는 대단히 위험한 프로그램으로 알려져 있는데 영화에 지장이 있진 않을까요?"

"물론입니다. 촬영에 지장이 없도록 만반의 대비를 하고 있습니다."

이후에도 간혹 거슬리는 질문이 나왔지만 태웅은 능숙하게 대응했다.

지난번 우상 제작 발표회에서 태웅의 돌출 행동을 기억하고 있는 몇몇은 조마조마해했지만, 이번에는 어떤 돌출 행동도 없이 발언을 마쳤다.

*   *   *

"어쩌다 보니 또 함께하게 됐네요. 잘 부탁해요."

유지니가 특유의 사이다 미소를 지으며 태웅에게 다가와 악수를 건넸다.

우상의 성공 때문인지 그녀는 한결 마음이 여유로워진 듯, 얼굴에서 빛이 나고 있었다.

풍성한 머릿결과 탄력 있는 피부, S 라인 몸매 또한 여전했다.

"반가워요. 이번 영화 찍으면서 심심하진 않겠네요."

여자 배우와의 스캔들을 경계하는 그였지만 왠지 그녀는 친한 동성 친구 같은 느낌이 들었다.

"다음 주에 중국 간다면서요? 나 그 프로그램 좋아하는데, 기대할게요."

"살아 돌아올지 모르겠어요."

"호호호. 안 어울리게 웬 엄살?"

사실 엄살이 아니었다.

지난번 오프닝 촬영에서 늦가을 한강 수영을 한 이후, 그는 아무래도 이 프로그램을 너무 만만하게 본 것은 아닌지 후회가 들었다.

"그런데 그 얘기 사실일까요? 그 메이린이란 사람 얘기."

"무슨 얘기요?"

그의 말에 그녀는 의미심장한 표정을 지었다.

"제가 중국 사는 친구에게 들은 게 있어요. 진짠지 아닌지는 모르겠지만……."

영문을 몰라 하는 그에게 그녀가 입을 열었다.

"그 여자, 아버지가 삼합회 소속이라는 소문이 있어요."

*   *   *

제작 발표회가 끝난 후 태웅의 말을 들은 윤철은 놀라 입을 다물지 못했다.

"메이린 아버지가 삼합회라고?"

"확실한 건 아니지만 유지니 씨가 중국 쪽 지인에게 들었다는데. 신뢰할 만한 사람이래."

태웅 역시 믿을 수는 없었지만, 그녀가 가볍게 말을 하는 타입의 여자는 아니었기에 헛소리로 치부할 수만도 없었다.

'도대체 왜 자꾸 조폭이랑 엮이는 거야? 난 배운데!'

물론 그도 알고 있었다.

연예계는 어둠의 세력과 결코 떨어질 수 없는 세계라는 것을.

거대한 자본이 움직이고, 멋지고 아름다운 배우들이 치열하게 생존하는 세계다.

빛이 있으면 그림자가 있는 법.

세상의 밝은 부분만 보는 사람은 인정하기 싫겠지만, 그것은 분명 실존하는 이야기다.

"그럴 수가… 메이린 좋아했는데……"

윤철의 뜬금없는 고백에 태웅은 피식 웃었다.

그도 한창 뜨고 있는 메이린에 대해서 익히 알고 있었다.

그녀는 중국 무협 영화 '팔대문파'에서 주인공의 사매로 등장, 발랄하고 귀여운 매력을 발산하며 국내에서도 많은 팬들을 확보했다.

"뭐 어때? 연애나 결혼할 것도 아니고 그냥 팬으로서 좋아하면 되지."

"그래도 그게 마음이 그렇지가 않다. 보호 본능이 솟구치는 아이였는데……."

이게 삼촌 팬의 마음인가?

사실 나이로 따지자면 같은 이십 대라 띠동갑 수준으로 차이가 나는 건 아니다.

태웅의 나이는 어느덧 스물아홉.

메이린은 이제 겨우 스물한 살의 파릇파릇한 나이라고 한다.

'어지간히 피곤하겠군. 가급적 촬영 때 말고는 안 마주치는 게 좋겠어.'

메이린은 갑작스러운 컨디션 난조로 제작 발표회에는 불참했지만, 크랭크인 전에 볼 기회가 있을 수도 있다는 게 제작진의 귀띔이었다.

'결심, 하다'의 촬영은 한중 로케이기 때문에, 중국 로케 때만 촬영하는 그녀는 크랭크인 전이 아니면 볼 기회가 없을지도 모른다.

아니, 사실 굳이 볼 필요가 있나 싶다.

그녀에 대한 소문이 돌았는지 아닌지 모르지만 감독이나 제작자도 꽤나 신경이 쓰일 것이다.

예전에도 비슷한 일이 있었다고 들었다.

중국의 인기 배우가 한국 영화에 출연했는데, 워낙 열악한 촬영 환경이다 보니 매번 어딘가로 전화를 해서 하소연을 했다고 한다.

그런데 알고 보니 그 배우의 아버지가 메이린과 마찬가지로 삼합회 간부였던 것이다.

그 때문에 배우는 물론 감독과 현장의 스태프들, 제작사 대표까지 무슨 일이 일어날까 바들바들 떨었다고 한다.

'설마 그런 일이야 있겠어? 익스트림하이가 어디 풋내기 제작사도 아니고.'

업계에서 나름 잔뼈가 굵은 기획사인 데다가, 베테랑 감독이 있다.

촬영 환경도 그리 나쁘지 않을 것이다.

그리고 어쨌든 이 영화는 태웅의 원톱 영화.

기껏해야 조연 배우 정도에게 흔들리진 않으리라고 그는 굳게 다짐했다.

*   *   *

배준화 감독의 신작에서 태웅이 주연을 맡았다는 사실은 큰 화제가 되었다.

이제 드라마 한 편, 영화 한 편 출연한 그가 이렇게 큰 작품에 주연을 맡았다는 것에 대해서 이러쿵저러쿵 입방아를 찧는 호사가들이 많았다.

하지만 우상에서의 강렬한 연기, 그리고 화제를 몰고 다니는 이슈 메이커라는 점 때문에 그럴 만도 하다는 시선도 적지 않았다.

아직 연기력에 대한 검증 논란은 있었지만, 적어도 그가 가진 스타성만큼은 누구도 부인하지 못했다.

CF와 예능 출연 요청, 그리고 인터뷰 제의가 물밀듯이 밀려왔지만 태웅은 대부분을 거절했다.

아직 출연 작품이 많지도 않은데 이미지 소비가 많아지면 장기적으로 결코 좋을 것이 없었다.

큰 수입을 보장하는 CF 역시 급할 것이 없었다.

싸게 많이 찍는 박리다매 배우가 될 것이냐, 기록적인 출연료와 광고비를 받는 명품 배우가 될 것이냐는 어떻게 처신하느냐에 달려 있다.

태웅은 모든 일정을 중국에 다녀온 후로 미뤄두었다.

그리고 어느덧, 출국 날짜가 다가왔다.

*   *   *

"아니, 꼭 이렇게까지 해야 돼?"

"당근이지! 공항 패션 몰라?"

태선은 아침부터 부산하게 움직이며 태웅에게 이 옷 저 옷을 입히고 있었다.

"미리 콘셉트를 정해놓든가, 이게 뭐야? 나 비행기 시간 맞추려면 슬슬 출발해야 돼."

"괜찮아. 어차피 알파고 아저씨가 운전할 거잖아. 그럼 20분이면 갈걸?"

"무슨 F1이냐? 오늘은 좀 편안하게 천천히 공항까지 가고 싶다고."

불평을 늘어놓으면서도 태웅은 태선의 코디에 맞춰 성실한 모델이 되어주었다.

"오케이! 어때? 스스로 봐도 멋지지?"

빈티지한 가죽 재킷에 흰 티셔츠, 스카프와 청바지, 그리고 갈색 백팩과 돌체앤가바나 선글라스까지.

마무리는 눈에 띄는 주황색 스니커즈로 포인트를 주었다.

이쯤 되면 누가 봐도 일반인으로는 보이지 않는다.

"이야, 제법인데?"

"그럼. 내가 누군데! 후훗."

시간을 꽤 잡아먹은 후, 허겁지겁 집을 나서니 어느새 고서윤이 시동까지 걸어놓고 집 앞에서 대기하고 있었다.

"어서 가시죠. 자칫하면 늦습니다."

커다란 캐리어를 트렁크에 실은 고서윤이 운전석에 올랐다.

태선은 태웅을 보더니 갑자기 그의 손을 꼭 잡았다.

"꼭 살아 돌아와야 돼. 항상 몸조심하고."

더없이 진지한 말투에 태웅은 웃음을 터뜨렸다.

"내가 죽으러 가니? 넌 걱정 말고 윤철이하고 꼭 붙어 있어. 전기 충격기 잘 가지고 있지?"

태선이 고개를 끄덕였다.

동생의 안전을 위해 이런저런 방범 용품을 사주었지만 그 래도 부족한 마음이 든다.

집에 떠나고 난 후 고서윤은 시계를 슥 보더니 속력을 높였다.

"조금 서두르겠습니다. 시간이 그리 여유 있지 않아서요."

"꼭 그래야겠어?"

"물론입니다."

태웅은 안전벨트를 부여잡았고, 곧 빛과 같은 속도로 차는 도로를 질주했다.

*　　　　　*　　　　　*

출국일을 공개하지 않았음에도 꽤 많은 취재진들이 공항에 나와 있었다.

한국인 최초로 세계 유명 프로그램인 유스 곤 와일드에 출연한다는 사실이 이미 많은 화제가 되고 있었다.

"우와! 김태웅이다!"

"죽으러 가면서 너무 멋있는 거 아냐?"

"공항 패션 쩔어! 우상 뜨더니 돈 좀 벌었나?"

공항의 많은 사람들이 그를 알아보곤 핸드폰으로 사진을 찍었다.

이렇게 주목받는 것에 익숙하긴 했지만 그리 즐겁지는 않았다.

'역시 너무 화려하게 입었나? 그냥 조용히 다녀오려고 했더니만……'

그는 혀를 차며 걸음을 빨리했다.

쏟아지는 사인 요청을 같이 따라붙은 고서윤이 귀신같이 차단했다.

무슨 분신술이라도 쓰나 싶을 정도로 일사불란한 움직임이었다.

그 와중에도 출국 수속을 챙기는 것을 잊지 않는다.

든든한 매니저가 있다는 사실에 안도의 한숨을 쉬며 태웅은 재빨리 출국 수속을 마치고 서둘러 탑승 대기줄에 섰다.

*　　　　*　　　　*

비행기 탑승 후, 비즈니스석에 자리 잡고 나서야 그는 한숨을 돌렸다.

"휴우… 정말 끔찍하군."

"고생 많으셨습니다."

고서윤은 별로 지치지도 않은 듯 느긋하게 뒷자리에 앉아 다리를 폈다.

가는 길이라도 편안하게 가기 위해 여유 있게 좌석을 잡아 두었다.

목적지까지는 그리 오랜 시간이 걸리지 않겠지만, 그동안만이라도 제대로 휴식을 취하고 싶었다.

"배우로서 떠나는 첫 외유군요. 축하드립니다."

앞좌석에서 들려오는 목소리에 태웅은 화들짝 놀랐다.

왠지 모르게 낯이 익다.

'설마… 아니 이건 말도 안 돼.'

그는 좌석에서 일어나 앞에 앉은 사람을 보았다.

"이륙 시에는 좌석에서 일어나면 안 됩니다. 위험하거든요."

최수빈!

태연하게 잡지를 보던 그가 태웅을 향해 인사했다.

"다, 당신 뭐야? 하이재킹이라도 한 거야? 어떻게 여기에……."

"우연입니다."

"말도 안 돼!"

태웅은 뒷자리에 앉은 고서윤을 향해 날카로운 시선을 던졌다.

하지만 그는 창밖을 바라보며 딴청을 피우고 있었다.

"도대체 당신 속셈이 뭐야?"

"무슨 말인지 잘 모르겠습니다만."

여전히 우연이라는 말을 되풀이하는 그였다.

도대체 같은 날 같은 시간에 같은 비행기 바로 옆좌석에 우연히 앉을 확률이 얼마나 된단 말인가?

"비즈니스 때문에 사천성에 갈 일이 있습니다. 마침 같은 곳에 가시나 보군요."

"그러니까 그냥 어쩌다 보니 같은 비행기, 앞뒤 좌석을 탄 거다?"

"그렇습니다."

"휴우……."

태웅은 그를 잠시 노려보곤 다시 자기 자리에 가서 앉았다.

무슨 꿍꿍이인지 모르지만 굳이 의식할 필요 없다.

스토커처럼 따라붙든 말든 상관할 바가 아니다.

'이 여행을 즐길 거야! 설마 이 두 녀석이 비행기째 제3세계로 납치하거나 하진 않겠지.'

천천히 눈을 감는 사이, 어느새 비행기는 활주로를 따라 질주하기 시작했다.

*   *   *

〈걸크러시 배우 유지니, 대형 기획사 ROD로 전격 이적!〉

영화 '결심, 하다'에 캐스팅된 여배우 유지니가 ROD로 둥지를 옮기면서 화제가 되었다.

스타 배우 영입을 통해 배우 기획사로서도 저변을 넓히고자 하는 강지나 대표의 야심찬 행보였다.

그녀뿐 아니라 계약 종료를 앞두고 있는 배우, 코미디언, MC, 아이돌 등이 대거 ROD와 계약할 것이라는 풍문이 업계에 돌았다.

"강지나… 무서운 여자야. 겉보기엔 예의 바르고 우아해 보여도 속에는 칼을 품고 있다고."

"그게 무슨 소리예요?"

황병준 기자는 아끼는 후배 허남용과 막걸리 한잔을 하며 자신의 추측을 늘어놓았다.

"그 여자, 꿈이 초거대 기획사를 만드는 거란다. 방송국 제작부를 대체할 수 있는 초거대 기획사. 그게 무슨 뜻인지 아냐?"

"꿈도 야무지네요. 초거대 기획사라… 스타들을 많이 배출하겠다, 뭐 이런 거 아니에요?"

"으이구… 인마. 기자 짬밥을 몇 년 먹었는데 통밥을 그렇게 못 굴려?"

후배에게 면박을 준 황병준이 막걸리 한 사발을 입에 털어 넣은 후 말을 이었다.

"대한민국 연예 생태계를 싹 바꾸겠다는 거야. 배우부터 가수, 아이돌, 심지어 피디까지 남김없이 쓸어 담고 있잖아. 거 왜 그러겠냐? 방송국이랑 배급사에게 좌지우지당하지 않겠다는 거야."

"헐… 그게 가능해요?"

"가능하든 안 가능하든 그렇게 추진하려고 한다니까? 그리고 ROD라는 막강한 함대를 이끌고 있다면 충분히 가능할 수 있지. 그녀 뒤에는 삼원 그룹이 있으니까."

국내 최대 기업의 지원사격을 받는다고 해도 연예계에서 오랫동안 통용되어 온 문법을 바꿀 수 있을까?

허남용은 존경하는 선배의 추측이었음에도 좀처럼 그 말을 믿을 수 없었다.

삼원 그룹 회장이 애당초 엔터테인먼트 사업에 관심이 있다는 사실도 금시초문이었는데, 아무리 손녀가 운영하는 회사라고 해도 얼마나 지원을 해줄지…….

"그 여자 부친이 미국에서 있잖냐."

"강부식 회장 막내아들 말이죠?"

"그래. 그 막내아들이 아주 애증의 관계야. 어릴 때 그렇게 영리했다고 하는데 갑자기 할리우드 영화에 홀딱 빠졌다는 거야. 그래서 공부도 다 때려치우고 미국 가서 노숙도 하고… 하여튼 망나니같이 굴었다지."

"그랬었군요."

"그런데 그 딸, 그러니까 손녀가 두 배는 더 영특하고 두 배는 더 귀여웠다나. 그래서 회장으로서는 애한테 한자리 주고 싶은 거지. 그런데 명분은 있어야 하고."

"그래서 강지나가 운영하는 엔터테인먼트 사업을 키우려고 한다?"

"그렇지. 단순히 연예 기획사에서 끝나면 안 되는 거야. 그리고 본인도 야심이 있고."

"그런데 그 여자가 김태웅이랑 무슨 관계인데요?"

허남용은 선배가 죽자 사자 파고 있는 김태웅과 그녀의 관계에 대해 궁금했다.

황병준은 술잔을 기울이며 벌겋게 달아오른 얼굴로 입을 열었다.

"만약 그렇게 대단한 여자가 한낱 스턴트맨 출신 흙수저 배우와 사랑에 빠진다면? 회장 표정이 어떨지 궁금하지 않아?"

"네?"

펄쩍 뛰는 후배의 반응을 황병준은 흥미롭게 바라보았다.

『배우, 미친 흡입력』 4권에 계속…

초대형 24시 만화방

신간 100%, 샤워실, 흡연실, 수면실(침대석), 커플석, 세탁기 완비

▪ 광명 광명사거리역점 ▪

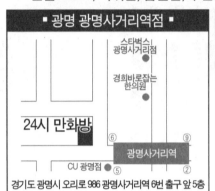

경기도 광명시 오리로 986 광명사거리역 6번 출구 앞 5층
02) 2625-9940 (솔목타워 5층)

▪ 강북 노원역점 ▪

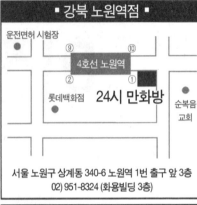

서울 노원구 상계동 340-6 노원역 1번 출구 앞 3층
02) 951-8324 (화용빌딩 3층)

▪ 일산 정발산역점 ▪

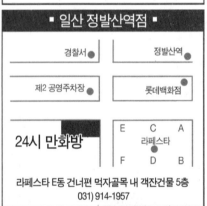

라페스타 E동 건너편 먹자골목 내 객잔건물 5층
031) 914-1957

▪ 일산 화정역점 ▪

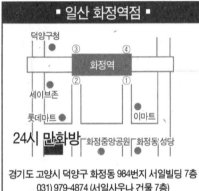

경기도 고양시 덕양구 화정동 984번지 서일빌딩 7층
031) 979-4874 (서일사우나 건물 7층)

▪ 부천 역곡역점 ▪

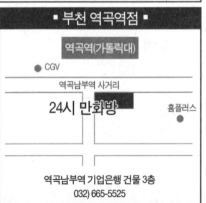

역곡남부역 기업은행 건물 3층
032) 665-5525

▪ 부평역점 ▪

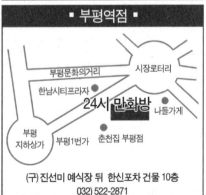

(구)진선미 예식장 뒤 한신포차 건물 10층
032) 522-2871